不對稱的臉
作者——芙蘿
插畫——六百一

目錄

開場

漆黑無光的臥房牆壁上，靜音鐘的指針無聲地滑向三點五十分。

一陣窸窸窣窣的細語聲突然打破這片寂靜，雙人床左邊的男人先是翻了個身，側睡背對右邊的女人。接著被這細碎而持續的噪音給吵得不耐煩，又翻回來，輕推了女人幾下。

不推還好，一推反而從含糊囈語變成帶氣音的輕笑聲。

男人忍無可忍，沉聲道：「搞什麼啊，又來了。我明天上午的診耶。」

他不耐煩地打開左側床頭燈。柔和暖光一亮，他再轉過頭來，發現女人不知何時臉貼了過來；右臉是平靜酣然的睡顏，左臉卻盯著他冷笑：「嘻嘻嘻——」

他被嚇得大叫一聲，驚醒了女人。

何沐芸睡眼惺忪道：「怎麼了？」

「我受不了了！」

楊建仁直接按下床邊的臥室燈開關，臥室頓時大亮，刺眼得令何沐芸難受。她一邊用手背遮光，一邊用略帶睡意的鼻音問：「幹嘛啊？」

楊建仁氣急敗壞地指責她：「妳又來了！又半夜發出怪聲音！妳到底想怎麼樣？」他邊罵邊左右踱步，「妳不知道我明天早上要看診嗎？妳到底有沒有去做檢查？」

何沐芸莫名其妙被吵醒，初時還搞不清楚狀況，被男友罵了一會才稍微清醒些。她邊揉眼睛邊柔聲回道：「有啊。我什麼檢查都做了，連身心科都去了，結果都是正常的啊。」

「怎麼可能正常！這麼多年來都沒事，最近一個月三天兩頭地發神經。妳敢說妳正常？」楊建仁說完又重複一次，「妳不知道我明天早上有診嗎？要是我睡不好，影響診斷，妳擔當得起嗎？妳能負責嗎？」

被心愛的男人指著鼻子罵的何沐芸，感到有些受傷、委屈，她可憐兮兮地仰頭看楊建仁，小聲道：「我明天早上也要開兩台刀，第一台還是早上八點……」言下之意是：他半夜把她吵醒，要是影響她開刀，又該如何？

楊建仁自然明白她的話中有話，他揮舞雙臂，激動道：「妳那種開雙眼皮、動鼻頭嘴角的小手術，怎麼能跟我相提並論？我是骨外耶。」

他總是這樣貶低、歧視她的專業，人前人後都是如此；完全不給她面子和最基本的尊重。

而她一直都將顱顏修復或重建視為使命，如何嚥得下這口氣。她不服道：「你為什麼總是瞧不起整外？臉是人的門面，失之毫釐、差之千里，萬一遇到車禍或是燒傷，沒有醫生幫忙，那些人的生活一定會受到嚴重影響的。整外、骨外和其他外科、其他職業一樣，都值得被尊重！」

他嗤之以鼻道：「少來了。別把你們講得那麼崇高。哪一家整外診所不販賣外貌焦慮？」

「你明明知道我不是這樣的人。」

「近朱者赤、近墨者黑。妳在聖齊奧待那麼久，還能保持初衷嗎？」說到這，他突然指著她的臉，驚道：「妳看！又來了！左臉又在竊笑！難道妳完全感覺不到嗎？」

「什麼？」她也跟著下床，走到梳妝台前照鏡子。

鏡中的自己很正常啊。她做了一些表情，確認自己的顏面神經沒有失調。

「妳真的有病！為什麼不換家醫院檢查？妳知不知道妳已經嚴重影響我的睡眠和

生活了？」

兩、三個禮拜前，她確實因為他說她最近常說夢話，且左臉常會不自覺抽搐或冷笑，令他感到很不舒服，所以順著他的要求去做檢查。檢查結果出來後，她便開始覺得自己根本沒問題，有問題的是他。

他是個心思細膩的人，但有時候會有點神經質。他們同居多年，最近開始在看房、籌備婚事。因此她認為他可能有婚前焦慮。

「我沒有。」她直言：「有問題的是你。」

「妳這句話是什麼意思？何沐芸，妳給我講清楚。」

「如果你說的都是真的，為什麼一個月來，你一次錄音、錄影都沒拍到？你有什麼證據證明我舉止異常？」

「妳是在說我說謊嗎？妳當我閒著沒事，找妳麻煩嗎？妳以為我沒有試著拍過嗎？但是我就是拍不到！」他有些歇斯底里地抓著頭髮，「每當我要拍照或錄影的時候，妳的左臉就會恢復正常。為什麼妳自己都沒發現？一次都沒發現！」

她很無奈也很疲憊，不想再為這件事爭執下去，便選擇讓步。她輕拍他的背，安撫道：「好好好，我會再找時間去其他醫院做檢查。已經很晚了，我們明天都還要早起，先睡吧。」

他推開她的手，吼道：「睡什麼睡？妳睡得著，我可睡不著。」他罵得口沫橫飛，「我明明就是受害人，妳還一副委曲求全的樣子！明明就是妳神經病，還反過來懷疑我找妳碴！」

「不然你到底要我怎麼做？」她輕嘆了口氣，再次態度放軟，「我去客廳睡沙發，行了吧。」

她轉身正要去拿枕頭，就被他拉住。她原本以為他是要向她道歉，沒想到他說：「不必了。有這麼嚴重的問題在，我根本沒辦法再跟妳在一起。」

她雙眼圓睜，傻眼地盯著他幾秒，不敢置信地說：「你……你是要跟我？」

他重重嘆了口氣，答道：「對。我們分手吧。」說完打開衣櫃門，挑了件polo衫、休閒長褲，開始更換。

「怎麼可以為了這件事就跟我分手？」她追到衣櫃邊，眼眶開始泛紅，「你只是在說氣話對不對？都已經開始在看房子、看婚宴場地了。」

他一邊換褲子一邊說：「其實還有很多事。像是我一直叫妳找機會轉回我們醫院，但妳一直沒有做。」

「我不認為回醫院就比較好。我現在在診所的待遇和地位都比以前好，而且時間和工作內容都有很大的自由。再說，你又不是不知道，外科部主任之前騷擾過我，我真的不想再看到他。」

「隨便妳。反正我真的沒辦法再跟妳走下去了。」他扣上polo衫第二顆釦子，又從衣櫃裡拿出幾件襯衫和西裝褲，動作迅速又有條理地將它們放進小行李箱，「我搬出去，這間房子給妳住。之後的房租，妳自己一個人付吧。反正租屋契約上的承租人本來就是妳。」

受到如此打擊的她彷彿突然失去重心，往後倒坐在床沿。她忽然想通了什麼，眼珠一轉，眨了眨眼，一行清淚滑落臉頰。

「原來是這樣。」她苦笑道：「這一個月來，你一次又一次說我有病，就是為了分手，才故意這麼說的吧？想把分手的責任扣在我頭上，對嗎？」

他搖頭道：「胡說八道。妳們女人總是無理取鬧，明明自己有錯還怪東怪西的。」頓了一下又說，「剩下的東西，我改天再來拿。」

「不要走。我說了我會再去做檢查的。」她拉住他的手臂，試圖挽留他。

他將她的手甩開，將手機、鑰匙放進口袋，拿起門邊置物架的公事包，拉起行李箱走出房間。

她雙手摀住臉，不敢相信這是真的。他們交往了三年，大學的時候就是朋友，這麼多年的情誼應該很堅固才對，怎麼會這麼經不起考驗。

他就這麼乾脆地離開，連一句告別的話都沒有。

當家門關起的時候，她才後知後覺地奔到家門，想追上去挽留他。但是當她的手握住把手時，她卻遲疑了。

她怕再次被他冷言拒絕；怕被他嘲諷自己死纏爛打；更怕驚動鄰居，讓大家看笑話。最重要的是，她拉不下臉。她向來臉皮薄。

怎麼辦？我要怎麼跟大家說？尤其是爸媽，他們一直很期待我結婚的。如果他們知道我分手了，一定會很失望、很難過的……

感到一陣鼻酸，她在門邊蹲了下來，雙臂環抱住自己，喃喃道：「不是說好了，疫情過後要去歐洲度蜜月的嗎？不是說好了……」

說到一半，她傷心地放聲大哭。

＊＊＊

天快亮的時候，何沐芸才發現自己居然坐在地上、倚著門，哭到睡著。

「糟糕。」她扶著牆起身，快步走進廁所照鏡子，「要是眼睛哭腫了，一定會被院長唸的。」

鏡中的她，一頭烏黑長髮，柔和鵝蛋臉上的五官精緻，雙眼和鼻頭都泛起粉紅，將皮膚襯得更加白皙細膩，整個人也看起來更加纖細脆弱、惹人憐愛。

她將垂落在臉龐兩側的髮絲別到耳後，檢視起自己的臉。

乍看之下，她美得無可挑剔。但是身為整外醫生，訓練有素的她對於臉部特徵、細節和比例比常人敏銳許多。她看得出自己臉上的細紋、閉鎖性粉刺、粟粒腫，以及左右臉的不對稱。

與多數人一樣，她的臉是不對稱的。但是一直以來，只有她自己意識到這點，且並沒有特別在意。

所以面對這類輕微不對稱的案例，她一直都是建議病人透過化妝修飾、肌肉練習……的方式來改善，沒有必要動刀、動針。

然而，現在她發現自己的左、右臉比之前還要更加不對稱時，心裡也不由得開始焦慮了。

她微微蹙眉，輕撫著左臉，喃喃自語說：

「怎麼連輪廓也……不對稱了。」

第一章　整形上癮的病人

戴著口罩、身穿白色醫師袍的何沐芸拿著一個馬克杯，從診所內的茶水間走進一間裝潢簡單素雅的小型辦公室。聖齊奧整形外科的醫生都有自己的個人辦公室。

門一關上，她右手將杯子放在桌上，左手拉下低馬尾的髮圈，任長髮披肩，虛脫似地往後癱坐在辦公椅上，重重嘆了一口氣。

她累斃了。

因為男友昨晚和她鬧分手的關係，她只睡三小時。上午又有兩台刀，她擔心喝咖啡或茶提神會導致她控刀的穩定度和精確度，所以一直忍到開完刀、吃完午餐才有空來沖咖啡。

幸好手術很順利，兩個病人也都已經甦醒、離開了。

她拿下口罩，身子前傾、湊向面前的咖啡杯，深深嗅吸了一口。濃郁的咖啡香頓時讓她精神為之一振。

她露出滿足的笑意，才喝了一口，就聽到一陣敲門聲。她趕緊戴上口罩，說：「請進。」

開門的是身穿白色護理師服的薛婷婷。她的髮型是帶瀏海、齊肩內彎的鮑伯頭。微肉的小圓臉雙頰紅潤，整個人看起來像是一顆小蘋果，俏皮又可愛。剛畢業的她，言行舉止都還流露著稚氣；她先從門後探頭看了一圈，對何沐芸笑了笑，才走進來。

「不好意思啊，何醫生。妳早上叫我幫妳問下午診的病人能不能改別天，我就馬上打了。但是大家都不願意改。不好意思，我知道妳今天不太舒服。」

「沒關係，這不是妳的問題。是我太臨時了。」何沐芸回以溫柔一笑，又提醒道：「妳怎麼沒戴口罩啊？」

診所內的護理師都知道何沐芸是脾氣最好的醫生，所以薛婷婷本就預料到她不會因此生氣，便又撒嬌道：「有什麼關係嘛。反正病人最快也要再十分鐘以後才能進來。戴口罩真的太悶了，我皮膚都起濕疹了。」

聖齊奧整形外科是採全預約制，不接受現場預約。診所的玻璃門上有電子感應鎖，除了診所員工能自由出入外，已預約的病人最多只能提早十五分鐘，輸入診所APP的動態密碼，才能進來報到。所以薛婷婷完全不擔心會忽然有外人進來。

「但是診所內還是有很多人啊。雖然很悶，但還是要遵守防疫規範喔。」

薛婷婷嘟了一下嘴，從口袋中拿出口罩戴上，繼續說：「還有啊，下午診的一號說她很緊急，所以今天一定要看到妳。」

何沐芸從電腦桌面點開一號的病歷。這個病人之前在別間診所割雙眼皮失敗，半年前來給她做雙眼皮修復，兩個禮拜前又來給她微整鼻頭。於是她問薛婷婷：「是哪裡有問題嗎？」

「我一開始也是這麼想。但我問她，她又說：『都很好。就是因為太好了，所以才要馬上再來。』」薛婷婷那雙杏眼靈動地眨呀眨，忽然問何沐芸：「何醫生的眼睛、鼻子、嘴巴都那麼美，是天生的嗎？」

這句話要是被其他醫生聽到，不論是先天還是後天，都可能會動怒。但何沐芸只是輕輕一笑，大方地說：「是啊。」

她知道因為自己的外貌，大家都懷疑她整過形，也都羨慕或嫉妒她。蘇院長當初把她從醫學中心挖角到聖齊奧的時候，更是直接表明：要她當診所的活招牌。

診所裡也只有她和院長清楚知道：她從未整過形，是天生如此。

「我想也是。不然不會看起來這麼自然。」薛婷婷又問：「妳今天怎麼特別化妝啊？是不是晚上要去約會啊？」
「約會」二字刺痛了何沐芸的心，她垂下視線，沒有直接回答，而是說：「時間差不多了，我得準備一下。妳先去諮詢室等我吧。」
「喔。」薛婷婷點點頭，轉身離開。
何沐芸再次往後倚向椅背，拿起桌上的鏡子來照。
由於疫情期間，需要長時間戴口罩的關係，她幾乎是每天都素顏上班。今天之所以化妝，是因為不得不化。
以往她就有輕微的高低眉，但透過修眉就可以解決。但今天清晨的時候，她發現雙眉的落差突然變大了，只能將眉毛修得更細，再用眉筆畫眉型修飾。
為什麼會突然這樣呢？
她盯著鏡中的自己，再次嘆了一口氣。

＊＊＊

下午診的一號病人是一個三十五歲、相貌秀美的女人。她一進到裝潢現代奢華的諮詢室，便自動地坐在何沐芸對面的椅子上。

何沐芸先是仔細觀察了一會病人的雙眼和鼻子，才開口：「狀況都很好啊。這次來是想諮詢什麼呢？」

病人往前傾，對她說：「妳也知道，我的雙眼皮是妳救的，所以特別相信妳的技術。之前我不是就想隆鼻嗎？妳當時怕我一時衝動、之後會後悔，所以只幫我用玻尿酸做暫時性的微整。整完回去以後，大家都說我變漂亮好多！我想說，妳上次只幫我調整鼻頭，要是再墊山根、鼻樑的話，我一定會變得更美吧。」

何沐芸思考了一會，委婉地拒絕：「妳本身眼距就比較窄，如果再墊山根的話，眼距會變得更近，看起來會有點奇怪。鼻樑是可以再稍微提高一點。」

病人沒有聽明白她的意思，又給她看手機的女星照片，說：「怕眼距變近的話，那我把鼻樑變粗就好啦。我想要她的鼻子。」

照片上的外國女星有著又高又挺的鼻子，但是並不適合這個病人。因此何沐芸思考了一會，說：「妳的臉本身是淡顏，輪廓淺，五官量體小，如果硬要用這麼高挺的鼻子，看起來會很突兀。而且眉骨可能不夠高，要是鼻子做得跟照片上的一樣，山根會變得跟眉骨一樣高，連在一起會很像……」

「像什麼？」

「《阿凡達》裡面的納美人。」

病人靜默了一會，又說：「好吧，那我連眉骨一起墊高。哎唷，何醫師很會做生意耶。」

「啊？」何沐芸有點錯愕道：「我不是這個意思啊。」

她開始懷疑這個病人整形上癮了。

「少來了啦。不過也沒關係，反正我本來就是想讓大家都看得出來我有整，所以越明顯越好。這樣大家都知道我現在有錢了……」

病人說個沒完，完全聽不進去專家的建議。

何沐芸再三拒絕後，病人生氣地起身甩門離去。

不到十秒，薛婷婷就開門對何沐芸悄悄報消息，要她小心一點。

第二章　失控的臉

薛婷婷之所以這麼說，是因為一號病人氣呼呼離去的時候，蘇院長剛好進診所。他見病人面有怒色，便馬上問櫃檯那個病人是怎麼回事。想必很快就會知道是何沐芸拒絕幫病人開刀一事。

何沐芸雙手摀臉，心想：完了，要是被院長知道，一定會唸她的。她忽然覺得好累、好煩，便對薛婷婷說：「我明天想休假。麻煩妳趕快幫我打電話跟明天的病人說一聲。」

薛婷婷以為何沐芸真的身體不適，便連連點頭，立刻去辦。

這時何沐芸的手機忽然響起。她瞥了一眼是媽媽打來的電話。為了避免媽媽擔心，她深呼吸了一口氣，儘量口氣平和地接電話：「喂？」

電話那頭傳來爸媽的聲音：「芸芸啊，生日快樂。」

爸爸又說：「晚上要怎麼慶祝？」

媽媽說：「唉唷，人家肯定已經和建仁還是朋友約好吃大餐了嘛。」

爸爸說：「喔喔對厚。芸芸啊，妳什麼時候回家，我們再幫妳慶祝一次？」

她聽爸媽這麼一講，才想起今天是她生日。忽然有些感慨：今年第一個對她說生日快樂的不是枕邊人，也不是每日朝夕相處的同事，而是爸媽。

她忽然好想哭。這時她才意識到：自己已經很久沒有回家了。

想見爸媽的心情，使得她更打定主意今晚就回家，並且明天也要休假一天，好好陪陪爸媽。

她忍住鼻酸，對爸媽說：「晚點下班就回去。」

爸爸說：「啊，那我得趕快去買蛋糕。」

媽媽提醒道：「要冰淇淋蛋糕。芸芸喜歡吃香草冰淇淋。」

何沐芸感到窩心，微微一笑道：「不用那麼麻煩。我只想吃妳煮的菜。」

媽媽說：「對，還是吃家裡煮的最安心、最健康。妳現在住外面一定都吃外食，對不對？那都太油、太鹹了。晚上早點回家，媽媽再去買點菜。」說完就掛電話了。

這時蘇院長門都不敲，就直接走進諮詢室。他年近五十，相貌、體態卻一直保持得很年輕，給人一種社會精英的形象。從他的髮型、穿著就能看出：他是個極注重外表、細節的精緻男人。

「剛才那個病人是怎麼回事？」

蘇院長正要開始唸何沐芸，薛婷婷便忽然衝進來，插嘴道：「醫生，二號病人來了喔。」

何沐芸趕緊說：「快請她進來。」

「是。」薛婷婷馬上轉頭離開。

蘇院長知道她們兩個是故意不讓他有機會罵人，就只小聲對何沐芸說：「妳啊妳，跟妳說過幾次了。市儈貪財一點不行嗎？」

「行啊。那我的年薪……」

蘇院長一聽，假裝忽然想起什麼要事，也馬上轉頭離開。

何沐芸低頭笑了起來。

＊＊＊

晚上，公園旁的一棟中古華廈內。

何沐芸走出電梯，來到自家門外，深吸了一口氣。她正要將鑰匙插入鎖孔、開門時，門先被打開了。

「芸芸啊。」探頭出來的何父道。

他在客廳看電視時聽到門口有聲響，便猜到是女兒回來了。

她家的公共空間是開放式的，飯廳和客廳都打通在一起，視覺上看起來寬敞開闊。裝潢歐式高雅，帶有一點輕奢風格。客廳主要是大地色系，電視主牆和地板分別由不同淺色的大理石板鋪就，茶几、沙發區則再鋪上一塊灰色大絨毯。其他家具則選用沉穩素色，以達成色調和諧一致。

因為她家的開放式設計，何沐芸一進門就聞到一股香氣，道：「香菇雞。」

「對啊，妳最愛的。唉，我等妳等好久。妳終於回來了。我快餓死了。」

何父關上門，習慣性地拿起鞋櫃上的酒精噴噴她的雙手，又對她招手說：「快來吃飯。」

何沐芸在玄關一邊換穿拖鞋，一邊道：「你們怎麼不先吃呢？」

「我也想啊。妳媽就說要等你們回來再一起吃。」何父面露無奈。

她輕輕一笑。她知道爸爸向來都很聽媽媽的話。

「對了。」何父又問：「建仁咧？在樓下停車嗎？」

不擅說謊的她，雖然已事前準備好藉口，但真到了要說的時候，表情還是有點僵硬。她說：「那個，他晚上要和主任準備研討會的事，沒辦法過來。」

何父沒察覺她神情有異，只道：「喔，那也沒辦法。妳以前在醫院的時候，也常常工作到很晚。還好妳現在在診所上班。」

「是啊。」她隨口應道。

「湯來囉。」何母捧著一鍋熱湯從廚房走出來。「來，先來喝碗雞湯。今天煮的是妳最愛的香菇雞喔。」

「我知道。謝謝媽。」她與何母相視而笑。

三人在飯廳用餐到一半，何父忽然提起何沐芸的婚事：「你們房子找得怎麼樣啦？其實買房這種事急不來的嘛。就算沒有買房，也可以先結婚啊。」

何母也說：「對啊。雙方父母不是都見過了嗎？應該沒什麼問題了吧？現在就是在看日子、訂場地不是？你們看了哪幾家飯店啦？我上次跟妳說的那家，你們去試菜了沒有？」

何沐芸不擅說謊，也不想欺騙爸媽，但又實在說不出兩人已分手的事。正不知該如何是好時，門鈴突然響了。

她如遭電擊般，馬上從椅子上跳起來，道：「我去開門。」

往玄關快步走去時，她內心無比感謝門外的人即時解救了她。

門一開，是一個相貌英俊，梳著小油頭，身穿白襯衫、深藍西裝褲的年輕男人。

他一手插口袋，一手提著一盒蛋糕在她眼前晃了晃，痞痞一笑道：「喔，生日快樂啊。」

蕭凱文是何沐芸的鄰居，兩家就住對門。不僅如此，兩人還是小學同學，從小就一起上學、一起玩鬧。中間曾因上大學而各奔東西，一度變得少有交集。後來蕭凱文從事醫材業務，聖齊奧診所的案子又是他負責的，所以兩人才恢復往昔的熟絡。

何沐芸訝異道：「阿凱？怎麼是你啊？」

訝異歸訝異，她還是毫不客氣地接過蛋糕，與何父一樣拿起酒精往他的手噴。又問：「吃過飯了嗎？」

「還沒。我就是來白吃白喝的。」蕭凱文也不客氣地進門，熟門熟路地自己從鞋櫃裡拿拖鞋換上。右手一揚，很自然地向何父、何母打招呼，「叔叔、阿姨！」

何父也對他招手道：「凱凱啊，快來吃。」

何母一邊拿他的碗筷，一邊說：「今天煮得多，你來幫忙吃剛好。」

何沐芸又問蕭凱文：「你怎麼知道我今天會回來？」

蕭凱文還未開口，何父便先替他回答：「我下午出門去買蛋糕的時候，跑了兩家都沒買到香草冰淇淋蛋糕。所以打電話問凱凱，哪裡有在賣。凱凱就說，他下班後會直接買過來。唉，這年頭再奇怪的口味都有，反而是最普通的香草口味最難買。」

說到這，何父忽然想到了什麼，忙問蕭凱文：「你買的是什麼口味？」

「當然是香草啊。芸芸這麼挑食。」蕭凱文一邊回答，一邊在何沐芸旁邊的位子坐下。

他捲起袖子就開吃，一邊吃一邊稱讚何母手藝，也不忘誇讚何父。

何父、何母笑得合不攏嘴，頻頻給他夾菜、勸他多吃。

有一瞬間，何沐芸彷彿回到了以前念書的時候。蕭父、蕭母常加班，因此凱文從小學開始就常來她家吃晚餐。每次他來，家裡總會變得熱鬧、歡樂許多。那是不擅言詞的她，永遠都無法做到的事。

她看著爸媽喜悅的神情，忽然很感謝凱文這個朋友。

飯後，三人準備幫何沐芸慶生。何父負責拿刀叉、盤子，何母負責點蠟燭，而蕭凱文則主動去關燈。

何沐芸看著蛋糕上的蠟燭，那明亮跳動的火焰，十指交握，閉眼許願。

「Happy Birthday to you——Happy Birthday to you——」

大家唱生日快樂歌唱到一半，何沐芸突然發出細碎怪聲：「嘶……嘶……嘎嘶……」

原本就在偷偷凝視她的蕭凱文，第一個發現她不對勁，神情也隨即凝重起來。

而何父、何母原本看著蛋糕，聽到她的聲音抬眼一看，赫然看見她左邊嘴角上抽、念念有詞。

何母驚道：「芸芸，妳！」

何父也錯愕道：「妳嘴巴怎麼啦？」

最驚慌的莫過於何沐芸本人。這是她第一次意識到楊建仁說的是真的：她的左臉真的失控了！

更恐怖的是那些字眼。三人聽不出她在說什麼，但她自己聽得出來。她講的是「害死」二字。

她心中驚恐，又怕嚇到爸媽，便竭力控制住自己的表情，吹熄蠟燭後，佯裝若無其事道：「我許完願了。怎麼了嗎？」

蕭凱文從小與何沐芸一起長大。她的性子他再了解不過，他知道她怕爸媽會擔心，連忙開口替她解圍道：「喂，願望不能說出來啦。妳到底會不會許願？」

好死不死，這個時候何沐芸的左臉突然抽搐了一下！

雖然只有那麼一下下，但大家都面對面，看得一清二楚。這下何沐芸真的不知道該做何解釋了。

何父、何母互看一眼，神情都是擔憂不已，正要再問女兒怎麼了，就被蕭凱文搶先一步。

腦筋轉得快的他先是對何沐芸說：「妳看吧。誰叫妳要沒事打肉毒桿菌。現在副作用出來了吧。」接著又轉向對何父、何母說，「不用擔心啦。這副作用只是暫時性的，過幾天就沒事了。」

何沐芸一開始雙眼圓睜地看向蕭凱文，不明白他為什麼要這麼說。但隨即就意識到，他是在找理由為她解圍，便未否認。

何母說：「妳才三十三歲，有必要打肉毒桿菌嗎？」

何父也急道：「好端端的，動什麼臉啊。妳是不是在聖齊奧待久了，被洗腦了啊？」

蕭凱文又出來幫何沐芸打圓場道：「好了好了，你們就不要怪她了。她打完之後馬上就後悔了。」他邊說邊拿起一旁的刀子為大家切蛋糕、裝盤，「而且再怎麼說，今天也是她生日。壽星最大。」

此時何沐芸已是騎虎難下，只能順著蕭凱文的話，一臉尷尬地說：「是啊。我真的很後悔，以後再也不敢了。」

何父原本還想再多說什麼，被何母一記眼神給制止。蕭凱文連忙將切片蛋糕和叉子遞給他們。

這事總算被圓了過去，何沐芸也悄悄鬆了一口氣。

慶生完後，何沐芸送蕭凱文回家，趁機向他道謝：「剛才的事謝謝你。好險有你在。」

蕭凱文看得出何沐芸有心事，但也知道她若不想說，再怎麼問也沒用。於是只對她說：「神經病，有什麼好謝的啊。喂，以後妳要是有事……」

說到這，他比了一個「打電話」的手勢，示意她隨時可以打給他。

何沐芸點點頭，對他微笑。喜歡他總是恰到好處的關心和體貼。

她轉身回家，關上家門後，蕭凱文才轉頭凝視她家，神情轉為嚴肅，自言自語：

「她剛才是怎麼了？」

第三章　看不見的手

一片昏暗之中，何沐芸周圍全是迷濛的霧氣。

她狐疑地環顧四周，心想：這是哪裡？我怎麼會在這裡？

突然眼前一亮，周圍的景象變成了一間古色古香的中式書房。

她身旁的一張紋理鮮明的黑檀木桌上，擺著文房四寶和一個木製算盤。硯台旁有一疊書，書的樣式與現代截然不同，而且還是用線穿孔、裝訂成冊。

書桌後方是一整排高及天花板的書牆，左右兩旁的博古架上擺著各種高雅精緻的古玩，有花瓶、玉雕、奇石、砂壺……等。

何沐芸從沒來過、見過這個地方，不知道這是哪裡，但不知為何，她討厭這裡。待在這裡，讓她感到很不舒服。正要轉身看後方有沒有門可以離開時，她忽然被人推了一下。

她穩住重心、轉頭一看，旁邊突然冒出一個身穿古裝的女人。

女人瀏海中分、別至耳後，耳垂上戴著極為華麗的金色雕花大耳環。頭後髮髻上，插著一根金色鑲珠髮簪。上衣是一件桃紅色大襟女衫，寬大的袖口和襟上都接著鵝黃色緞子。下身穿著深紫色、鵝黃色交錯的及地馬面裙，與上衣都有細緻華美的繡花。

女人全身穿金戴銀，看起來像是出身富貴人家，又像是個將所有首飾穿戴在身上、打扮過度華麗、深怕別人不知道她有錢的暴發戶。

何沐芸猜測這個女人可能是個清朝人，但她不是很確定。畢竟她對古裝的理解大部分都來自連續劇。

女人生得一張普通圓臉，沒有太多的記憶點。奇怪的是，何沐芸明明是第一次見到她，卻覺得她很眼熟，總覺得在哪裡見過她。

正在思索之際，何沐芸的嘴巴便不受控地和那個女人對罵了起來。

罵了兩句，何沐芸忽然打了女人一巴掌，罵道：「妳到底是誰？怎麼會在這？」

向來個性文靜溫和的何沐芸感到震驚不已，不明白自己怎麼會打人。

而那女人也不甘示弱地回何沐芸一巴掌，說：「我是誰，妳管得著嗎？妳要是當初識相，順著洪家給的台階下，接過休書、包袱款款回娘家，也不至於落得今日這般下場！黃臉婆！」

「妳這隻狐狸精！」

何沐芸的手又不受控地拿起桌上的硯台，毫不猶豫地往女人頭上砸去。與此同時，何沐芸的心在尖叫：「頭部外傷！頭部外傷！」她完全沒有辦法想像自己會做這樣的事。

那個女人受到重擊，先是倒在地上，接著眼神充滿憤怒地撲向她，與她扭打在一塊。她的後腦杓倏地撞到書桌後方的書櫃。

「叩！」

她的耳朵頓時嗡嗡作響，視線有一瞬間是模糊的。

那個女人似乎摸了書櫃的某個地方，接著何沐芸就聽到機關運轉的聲音。感覺後方一空，她往後摔倒。

倒在地上的何沐芸，感到眼冒金星。她抬頭一看，眼前的書櫃竟藏有一道暗門。暗門很窄，僅供一人通過，它像旋轉門一樣，放書的那面正緩緩轉回去。

何沐芸意識到自己要被關在密室裡，馬上爬起身想要出去。但是暗門的機關已經被關閉了，不管她怎麼用力推，暗門都絲毫不動。

四周幾乎黑得不見五指，只有極為微弱的光線。

何沐芸很快就發現微光來自書櫃上方。仰頭一看，櫃上有一排極扁的氣孔，不過兩指寬。就算她能攀上去，也沒辦法從氣孔逃出去。

何沐芸的第一個反應不是恐懼，而是憤怒。她氣急敗壞道：「書房裡怎麼會有一間密室？我從來都不知道。」

外頭的女人嘲諷：「妳不知道的多著呢。這下插翅難飛了吧。密室裡沒有別的出口，妳就在裡面等死吧。」

裡頭的何沐芸邊拍暗門邊喊：「妳做什麼？放我出去！快放我出去！」

外頭的女人冷笑一聲：「我要是妳，就會乖乖閉嘴。妳要是安分一點的話，也許還能再活久一點喔。要是再嚷嚷，怕是等不到毒發啦。對了，剛才的湯好喝嗎？」

「什麼？妳說清楚！喂！」何沐芸對著門又推又踢，忽然感到肚子一陣絞痛，有個念頭閃過她的腦海：我被下毒了！

那種痛極為劇烈，她先是痛得眼淚直掉、彎腰蹲在地上，接著又倒在地上痛苦地哀號。

她這才開始感到恐慌，口氣放軟地朝外頭求饒：「讓我出去，拜託！我那兩個孩子……大的才三歲，小的才滿周歲。他們不能沒有我，他們需要我……求妳……」

外頭的女人道：「放心吧，以後我會替妳好好照顧他們的。妳就乖乖等死吧。」

「不……拜託……我得照顧他們……求求妳……」徬徨無助的何沐芸，苦苦朝外頭含淚哀求，求女人讓她出去。

話說到一半，何沐芸脖子忽然一緊，被躲藏在密室裡的人從她後方掐住！

她奮力推開對方的手，才尖叫一聲，就又被掐住。

「呃呃，放開我！救命……」她忍著腹中劇痛，死命掙扎，試圖呼救。接著她急中生智，拿下髮釵，胡亂刺向對方。

對方吃痛，馬上鬆手。她咳了幾聲，趁機放聲大喊：「救命啊！來人啊，快來救救我！」

對方再次從後方掐住她的脖子。這次手勁更大，存心就是要她死。

她感覺脖子好像隨時會被掐斷，聲音小到連自己都快要聽不見：「放開……不要……」

此時她忽然嗅聞到對方身上的味道。那股味道很特別，似乎是混和出來的香料。

「是你……竟然……呃……」

＊＊＊

何沐芸猛然深吸一口氣，從床上驚醒、彈坐起身。朝四周掃視一眼，暖黃夜燈下，盡是熟悉的事物。

她認出自己身在臥房內，才意識到方才是一場惡夢。瞥了一眼床頭櫃的時鐘，才凌晨四點。

她鬆了一大口氣，將亂髮別在耳後，輕聲自問：「這是什麼狗血劇情啊？」

她平時工作忙，很少看劇。現在回想起來，她上次看這類的古裝劇，好像還是很多年前的《甄嬛傳》。她實在不知道自己為什麼會突然夢到這麼奇怪的夢。

她撫著胸口，再閉上雙眼，回想剛才的夢。

夢境雖歷歷在目，但由於在夢中，何沐芸是以某人的視角來看周圍環境，所以她無從得知夢中的「自己」是什麼身分、長什麼樣子。

只能從夢中的聲音、髮釵、與另一個女人對罵的內容，猜測夢中的「自己」是一個丈夫出軌、擁有兩個孩子的女人。而且這個女人可能在家中書房與小三發生爭執。兩人扭打時，她被小三關進密室，隨後毒發，又被人掐死。

冷靜分析完後，何沐芸的情緒也已經緩和許多。

她想起那雙黑暗中、看不見的手，睜開雙眼，喃喃自語道：「到底是誰？算了，只不過是一場夢而已。」

她抓抓頭，側耳傾聽，家中靜悄悄的，便心想：應該沒吵醒爸媽吧？

她摀住臉，又深呼吸了一次，才又慢慢倒回床上。很快又再次睡去。

然而，此時的她還不知道：這不僅僅是一場夢而已。

第四章　父母催婚

隔天一早，何母來敲何沐芸的房門道：「芸芸啊，起來吃早餐了喔。」

被窩裡的何沐芸已經進入「假期模式」。她含糊地應了一聲，翻身就繼續睡，沒有要起床的意思。

何母對女兒瞭若指掌，隔著房門都知道她賴床。於是何母又說：「起來了啦。三餐要正常吃，才不會傷胃。早上煮的是妳愛吃的鹹粥喔。吃飽再回去睡。」

床上的何沐芸一聽到關鍵字「鹹粥」，馬上睜開惺忪雙眼，略帶鼻音道：「馬上來。先幫我盛一碗放涼。」

她連睡衣都來不及換，用鯊魚夾夾起長髮，快速梳洗完畢，就快步走到飯廳。

她實在是太久沒吃鹹粥了，媽媽煮的獨門鹹粥又特別好吃；豬大骨熬煮的湯頭，粥裡有肉絲、筍絲、香菇絲和蝦米。再撒上一把蔥花和白胡椒，光是那香氣就令她食指大動。

她吃到第三碗的時候，才開始夾桌上的菜來配。

坐她旁邊的何母，看她吃得津津有味，笑問：「夠吃嗎？還是要再幫妳盛一碗放涼？」

何沐芸吞下口中的粥後，才回：「這樣就夠了，謝謝媽。」

坐她對面的何父彷彿想邀功似地說：「今天的高麗菜是我炒的喔。」

何沐芸馬上說：「很好吃。謝謝爸。」

何父滿意地點點頭。

何母看女兒吃得速度變慢了，才和她聊起天來：「芸芸啊，最近工作還好嗎？會不會很累？」

何父也接著問：「對啊。會不會壓力太大？」

何沐芸夾菜的手停頓了一下。心思聰慧的她立即意識到：父母突如其來的關心，恐怕是因為她昨晚做惡夢時，發出的聲響把他們吵醒了。

她心想：該不會我在夢中尖叫的時候，真的叫出聲了吧？天啊，太丟臉了。

何父催促道：「怎麼都不講話？是不是工作上真的遇到什麼問題啊？」

何沐芸這才回神，違心地說：「沒有啊。我只是沒睡飽，邊吃邊發呆而已。工作嘛，其實都還好，就是最近有點忙。」

何父、何母互看一眼後，何父想再多問幾句，被何母以眼神制止。何父揚了揚眉，只是夾了些菜脯蛋給女兒。

飯後，何沐芸回到房間，拿起書桌上的手機、點開ＬＩＮＥ，想看看有無同事傳來工作上的訊息，需要馬上回覆。

她一邊盤腿坐在床上，一邊滑聊天訊息列表。

當她滑到楊建仁時，大拇指馬上停下來。看到有幾則未讀訊息，她還以為是他想她了、後悔了，臉上頓時漾起淺淺的笑意。

抱著一絲期待點開來看，結果不是跟她約「回去拿東西的時間」，就是問她「兩人合買物品的所有權歸屬」。

她的笑容馬上就垮下了。沒想到建仁這麼果斷決絕。

接著她想起昨晚慶生時，自己左臉出現的異狀。一直到那一刻，她才意識到不是楊建仁找理由跟她分手，是她真的有問題。而且是醫院檢查不出來的問題。

想到這，她輕嘆了一口氣，心想：畢竟是我的問題，也不能怪建仁無情。

雖然她暫時還不知道該怎麼解決，但她想打給建仁，誠心跟他道歉，希望他能回心轉意，兩人能重歸於好。

她閉上眼，深吸了一口氣，決定鼓起勇氣打ＬＩＮＥ電話給他。但是她才撥出一、兩秒，又馬上掛掉。

改傳訊息問他：「在忙嗎？有些事想當面跟你說。我很想你，我們不要就這樣分手好嗎？」

但是訊息送出之後，她又覺得寫得不太好，所以馬上收回。

當她正在思考該打什麼時，房門傳來「叩叩」聲響，接著何母推門朝內看了一眼。

何沐芸道：「怎麼了？」

她以為是媽媽要她幫忙洗碗或將垃圾、廚餘、回收物拿到地下室丟，但媽媽卻問她：「妳在忙什麼？今天不是請假嗎？」

「喔沒什麼。我收一下email而已。」

「今天放假有想去哪裡玩嗎？」

何沐芸想了想，說：「可能就待在家看paper吧。」

現代醫學日新月異，身為一名醫生，她必須持續閱讀醫學期刊、論文，以吸收新知，如此才能與時俱進。

何母翻了翻白眼，拿了一碗切好的蘋果走進房間，一邊用水果叉叉一片給她，一邊叨唸她：「一天到晚都窩在書桌前念書，像個悶葫蘆似的。這樣很容易心裡鬱悶，妳不知道嗎？今天不準讀paper，待會陪我們出門走走。」

＊＊＊

何沐芸家雖然在台北市區，但她家附近有一座占地廣闊的公園，可供市民遊憩。何父、何母也常去那運動、散心。

公園內不僅有博物館、具歷史意義的紀念碑、文物展品，還有四季輪流綻放的花卉區，和各種兒童遊樂設施。她和蕭凱文從小就在這座公園玩，對它很熟悉。

一家人走進公園沒多久，何父便問何沐芸：「妳應該很久沒來了吧？」

何沐芸回想了一下，點頭道：「對啊。好像大學以後就沒再來了。」

雖然已經入冬，但天氣並不寒冷，而是讓人舒適的微涼。她邊散步邊欣賞沿途風景，身處綠意之中，心情似乎也變得輕鬆愉快了些。

有隻松鼠從他們面前跑過，他們的視線隨即跟著牠到步道旁一處怒放的花叢。

何母對何父說：「花好漂亮啊。幫我和花照張相。」說完便率先走過去。

何父說：「我也要。」隨即轉頭對何沐芸說，「幫我和妳媽拍照。」

何父、何母開始討論要站哪裡、擺什麼姿勢，討論到後來，嬉鬧了起來，像對兩小無猜的情侶。

何沐芸幫他們拍照時，被他們的歡樂渲染，也跟著笑鬧了起來。

她在一個夫妻和諧、幸福的家庭中長大，爸媽也一直是她心中憧憬的婚姻樣貌。她原本是如此地渴望結婚，擁有自己的家庭。

但是現在……再也不可能了……

想到建仁，她的眼神有些黯然。

何母察覺出女兒神情有異，便勾起她的手，與她邊走邊說：「怎麼樣？來公園走走，有沒有比較放鬆啊？」

何沐芸點點頭，強打起精神，回何母一個微笑。

何母看得出女兒笑得勉強，反而更加擔憂。她的女兒雖然文靜木訥，但其實個性是很好強獨立的，往往遇到困難或傷心事都不會對家人說，就怕家人擔心。

因此何母微微皺起眉頭，心想：不知道她在煩惱什麼。但是該怎麼問，她才願意講呢？

這時何父再次提起婚事：「對了，昨天晚上問妳：妳們喜酒場地看得怎麼樣，妳還沒回答我們啊。」

何父問得突然，何沐芸一時答不出來，支支吾吾道：「我、我們……」

何母看到她的表情，也跟著緊張道：「怎麼了？是不是好日子的週末都被訂完了？」

何沐芸說：「不是啦。」

何父擺擺手：「哪有可能都被訂完，台北飯店那麼多。」

何母又問：「你們目前看了哪幾家？對了，你們到底打算訂在什麼時候啊？明年上半年還是下半年？」

何沐芸說：「嗯這個……」

何父想了一下：「啊，我知道了。是不是喜酒的預算可能會超支？我跟妳說，這個你們不用擔心，喜酒的費用我們出，你們儘管選喜歡的飯店和菜色。」

何母點頭附和道：「對啊。如果是聘金的話，也不用擔心。我們本來就不打算收的。」

何沐芸連忙揮手說：「都不是啦。」

何母又猜說：「如果是首飾的話，傳統的金飾妳肯定不喜歡。聽說現在年輕人喜歡銀飾或是鑽石，我覺得妳戴珍珠的也會很好看。媽媽那裡都有，妳要是都不喜歡，再去找。錢不夠，媽幫妳出。」

何沐芸說：「不用不用，我自己有錢買的。」

何父說：「啊，我知道了。是不是房子已經看好了，但頭期款不夠？這個妳放心，我和妳媽來想辦法。還缺多少？」

何沐芸連回：「不是不是，都不是。」

何母越聽越急，追問道：「那到底是什麼問題？為什麼妳這次回來都愁眉苦臉的？妳不講，叫爸媽怎麼幫妳咧？」

何沐芸看爸媽那麼擔心自己、著急自己的婚事，又是掏心掏肺地想幫忙，實在瞞不下去，便鼓起勇氣道：「我們兩個分手了。」

何父、何母瞬間呆若木雞，兩個人彷彿石化一般站在步道中央，後方的路人都得繞開他們走。

片刻後，何父率先回神，但神色間仍十分驚訝。他問道：「分手？為什麼分手？妳提的？」

何沐芸小聲說：「他提的。」

何父錯愕之中，口氣更添怒意，問她：「為什麼？我們女兒什麼都好，他提什麼分手？在一起那麼久、那麼穩定，都要結婚了，分什麼手？」

何沐芸怕講出原因，爸媽會擔心，只好說謊。她下意識避開爸媽的視線，低下頭說：「我不知道。」

何父還要再問，何母就勾起他的手，以眼神示意他不要再追問女兒。何母雖然也同樣震驚、難過，但她知道女兒肯定比她更難受。他們再問下去，恐怕只會讓女兒更傷心。她想讓女兒沉澱一下心情，過一段時間後再問她。

何沐芸又馬上抬起頭：「我有在努力挽回了。」

何母瞪大雙眼道：「挽回？挽回個屁！」

這下換何沐芸瞪大眼睛。這是從小家教甚嚴的她第一次聽到母親講話這麼粗魯。

何母也跟著何父發火道：「妳是白富美耶！都已經這麼完美了，他還有什麼不滿？他以為他是誰啊？」

「那個，其實是我不好……」何沐芸很想幫建仁說幾句話。畢竟是她最近有些異常，楊建仁實在受不了，才和她分手的。

身材嬌小的何母一手叉腰，一手輕戳高挑的何沐芸的額頭，霸氣表示：「不准幫他說話！不准挽回！以後他回來求妳復合，也不准答應！聽到沒？」

何父也道：「沒錯！他有什麼稀罕？出生醫生世家，了不起啊。我也是個大老闆耶。」

何母說：「分手原因是什麼，我不管。反正我看得出來，他讓妳受了委屈。就算是一點點委屈，這個婚我們也不要結。」

何父挺胸說：「沒錯！我們不稀罕！」

何沐芸看爸媽反過來安慰自己，心中一直懸著的大石放下的同時，也感動得有些鼻酸，微笑地點點頭。

他們才走沒幾步，何母又問：「芸芸啊，那個……凱凱是真的沒機會嗎？」

何沐芸忽然想起以前念書的時候，蕭凱文藉口幫忙送情書給她，巧立名目地跟男同學們收手續費、情書修改費、告白秘訣費……等等。而且他收了錢還不辦事，最後男同學們集體跟班導告狀、鬧得人盡皆知，她才知道原來有人想送情書給自己。

一想到蕭凱文從小就一副奸商樣，何沐芸便皺眉頭：「怎麼可能啊，媽。我們兩個是認識二十幾年的老朋友了。」

不只是何沐芸，在何父腦海裡，從小看到大的蕭凱文也早就被歸類為「家人」。光是想像兩人在一起的畫面，便十分彆扭。故何父也道：「拜託，凱凱跟芸芸怎麼可能。而且他從小就一堆女孩子送巧克力、送小禮物，這種的不好。」

何母說：「哪裡不好。一堆女孩子追，代表他條件好啊。你都沒發現，他從小就只對我們芸芸好，還會幫忙趕蒼蠅。而且我一直覺得他們很配。肥水不落外人田嘛。」

他們邊走邊聊，經過一座古蹟牌坊時，何沐芸忽然聽到兩個小女孩的笑聲。

「嘻……」

那聲音聽起來非常近，近得像是在何沐芸耳邊笑一樣。她先是下意識轉頭一看，但旁邊沒有人。停下腳步，再環顧一圈，還是沒看到有什麼小孩。距離他們最近的只有一對老夫妻。

她感到怪異的同時，何母在前方喚她：「芸芸啊，來幫我們拍照。這裡的花好漂亮。」

於是她快步向前走去，隨即忘記此事。

第五章　凱文

聖齊奧診所的玻璃門滑開，一個身材高大的男人提著兩大袋星巴克，邁開長腿、大步走進來。他身穿白襯衫，將袖子捲到手肘，著黑西裝褲、深褐色皮鞋，衣著簡單卻有型。

櫃檯的護理師薛婷婷和兩位諮詢師一抬頭，看見來人，都露出有別於客套禮貌的微笑。

其中一位較年長資深的諮詢師主動向他搭話：「今天帶什麼飲料來啊？」

蕭凱文俊臉回以一笑，流露出雅痞氣息，將兩袋星巴克直接放到櫃檯上。而護理師們也有默契地自動一人拿一杯。

他每次來診所，一定請所有人喝飲料或是送小零食、小禮物，大家都習慣了。也正因為他不只長得帥，又嘴甜、幽默、大方，所有人都對他特別親切。

護理師、諮詢師同時也要兼任助理。較年長的諮詢師身子前傾，「院長已經在辦公室了。不過你還是再等五分鐘再進去好了。他現在正在講電話。」

「ＯＫ。謝啦。」蕭凱文爽朗一笑，露出一口潔白的牙齒，甚是迷人。

薛婷婷也主動跟他說話：「Kevin哥，怎麼變黑了？最近去哪裡玩啊？」

「也沒有去哪啊。疫情期間，出國也不方便。上個禮拜回暖又是好天氣，我才和好朋友開車去衝浪。」

薛婷婷眼睛一亮：「你會衝浪啊？」

蕭凱文點頭又說：「有空一起去啊。我教妳們。」

他不過隨口一說，薛婷婷便開心又有些害羞地抿嘴微笑。其他人則開玩笑說怕感冒或怕曬黑，將話題輕輕帶過。

蕭凱文看了一眼櫃檯後方的時鐘，又說：「時間差不多了，我先進去囉。」他拿起兩杯熱美式，便逕自走向院長辦公室。

等到他敲門進入辦公室後，薛婷婷才抓起旁邊較年長的諮詢師的袖子，心花怒放道：「他好帥啊——」

諮詢師翻白眼說：「冷靜一點好嗎？怎麼他每次來，妳都這樣講。妳都來好幾個月了，還沒看膩嗎？」

薛婷婷羞得臉紅通通，嘟嘴說：「怎麼可能會有人看膩嘛。」

「何醫生大概就看膩了吧。聽說她和Kevin是國小同學，兩個人從小一起玩到大的。」

另一位諮詢師說：「真的嗎？」隨即起鬨：「厚——那不就是青梅竹馬？」

薛婷婷有點不開心地說：「青梅竹馬又怎麼樣。我覺得何醫生和她現在的男朋友比較配。兩個人都是走斯文氣質路線。」接著又問諮詢師們，「那Kevin哥現在有女朋友嗎？」

其中一位諮詢師面露訝異道：「幹嘛？妳該不會真的對他有意思吧？」

薛婷婷被說中心事，臉又更紅了，但嘴上還是說：「才沒有。我就是好奇問問。想聽一些八卦而已。」

另一位諮詢師出於好心勸道：「別想了，Kevin一看就知道是玩咖啊。」

「我知道啦。」尷尬的薛婷婷說完便拿起櫃檯下的馬克杯，佯裝去茶水間倒水。

兩位諮詢師互看一眼，其中一位搖頭道：「年輕人就是年輕人。」

＊＊＊

院長辦公室內，原本正在收發email的蘇院長看了一眼筆電螢幕右下角的時間，接著拿起桌上一面方鏡，端詳起自己的面容。

他正露出滿意的微笑時，一陣敲門聲響起。他一面梳理頭髮，一面將鏡子放下，喊：「進來。」

門外的蕭凱文說：「沒手開。來幫忙一下啦。」語氣像是和朋友說話一樣。

蕭凱文這種「裝熟」的拉關係方式很危險，因為很容易就變得油膩或令人心生厭惡。但他有一股別的業務沒有的魅力，不只讓人不知不覺地放下戒心，更讓人想主動接近他、信任他。這或許也是頂尖業務都有的特質之一。

蘇院長翻了翻白眼，心想：也就Kevin那傢伙敢這樣對我說話。真是沒禮貌。

他起身去幫蕭凱文開門，看到蕭凱文手上的星巴克咖啡時，一張臉冷了下來，酸蕭凱文道：「就只會買星巴克。」

蕭凱文厚著臉皮笑道：「想喝莊園咖啡嗎？年底業績就靠你了。要是有拿到訂單，明年你想喝耶加雪菲還是藝妓都行。」

蘇院長心想：哼，還記得我喜歡什麼咖啡豆。好吧，不跟你計較。

他雖心裡是這樣想，但院長的身分使他習慣擺架子，尤其是在廠商業務面前。所以他回到辦公桌後坐下，依舊沉著一張臉對蕭凱文：「又研發出什麼新功能了？」

「絕對是跨時代、嶄新的功能！雖然我本身就在科技業、走在人類文明的最前端，但要不是我親眼看到，我實在很難想像現在科技已經進步到這種地步。」蕭凱文浮誇地說，「等你聽我介紹完，你就會知道我今天根本就是送錢來。」

他邊說邊將其中一杯咖啡放在蘇院長面前，接著將蘇院長對面的會客椅移到蘇院長旁邊，才坐下。

蘇院長聽到「錢」字的時候，眼睛閃過一道精光，顯然這句話引起他的興趣。

但他不慌不忙地打開杯蓋，喝了一小口熱美式，才冷言道：「誇大其辭。要是你今天講的東西我不敢興趣，你以後就不用來了。」

觀察力極佳的蕭凱文捕捉到蘇院長的小眼神，露出胸有成竹地的笑容：「安啦。我自己就是眼高於頂的人，要是我們公司的產品不夠看，我也不好意思出門推銷。」說完便從口袋裡拿出隨身碟，交給蘇院長。

蘇院長接過來看了一眼問：「沒病毒吧？」

他將它插上筆電後，螢幕隨即跳出一個視窗，詢問是否安裝驅動程式並自動開啟執行。

他按同意以後，蕭凱文才說：「你想太多了。依我高尚的人品，怎麼可能會在你筆電裡植入木馬病毒、癱瘓你們公司系統，或是竊取資料再透過網路回傳我們公司的雲端資料庫呢？」

蕭凱文說得信誓旦旦，但蘇院長卻面露驚慌地瞪他：「依你的人品？」說完又急道：「怎麼沒有取消鍵？」

蕭凱文感到啼笑皆非，攤手道：「喂喂喂，就算不相信我的人品，也相信我的銷售技巧好嗎。我根本就不需要植入病毒嘛。」

蘇院長關閉網路後，正要拔去隨身碟，就被蕭凱文制止：「真的沒有啦。想也知道不可能，我又不是賣防毒軟體的，也不是同業競爭。」

蘇院長愣了一下，與他大眼瞪小眼兩秒才道：「說得也是。」這才冷靜下來。

程式安裝完畢後，自動開啟。

螢幕上顯示一個極具科技感的系統，畫面中央有一個半透明的3D頭顱，看不出性別，三軸貫穿頭顱中心。除此之外，四個邊上都各有一排工具列，看起來操作有些複雜，蘇院長一時不知該如何下手。

「好了嗎？交給我吧。」蕭凱文一副理所當然地把蘇院長的筆電拿到自己面前。

蘇院長不滿道：「搞什麼。要demo是不會自己帶設備嗎？」

「我的筆電太高階了，就是要用你這台處理文書的筆電，才能顯示我們的軟體寫得多厲害；連普通筆電規格的運算效能都能跑得動。」

蘇院長沒再表示意見，但心想：說得也是。要是軟體需要高效能的硬體才能運作，那我不就等於買了軟體還得再加購昂貴的硬體，到時候又是一筆開銷。

蕭凱文將筆電畫面投影到蘇院長對面的牆上，接著熟稔地點開工具列上的「頭髮」圖示按鈕，跳出的視窗上出現各種髮型。

他隨意挑了一款黑長直髮後，又按了另一顆「眼睛」圖示按鈕，彈跳視窗上出現數十種眼睛選項。

蕭凱文將游標滑到最上方一排「熱門清單」的其中一個選項上，就自動顯示明星的名字。他一邊操作一邊說：「這一排都是目前整形外科最流行的眼型，都是用男、女明星做模板。如果後續有簽維護，我們會每季更新熱門清單。」

他任意點選A女星的眼型以後，又點選B女星的鼻子……等等。最後按下建模按鈕後，頭顱開始建模。

「好啦。這些圖像化的按鈕操作起來很直觀吧。系統運算後，就可以建構出原始3D影像模型。不過要即時生成的話，可能要再高規一點的處理器，你這台大概要兩分鐘吧。」

在等待的期間，兩人先是各自喝了一口咖啡，接著蘇院長問道：「它能輸入病人的原始相貌嗎？」

蕭凱文說：「當然可以。就像做好萊塢特效電影一樣，用我們公司的高解析度臉部掃描系統，就可以輕鬆為病人的原始樣貌建3D模型圖檔。不過那套系統比較吃運算，畢竟是高解析度的嘛，臉部捕捉儀器產出的參數需要高階電腦的效能才行。」

蘇院長點點頭，表示可以理解。他對這兩套系統非常感興趣。

兩分鐘後，建模完成。蕭凱文操作滑鼠將其設為原始模型、建檔後，移動X、Y、Z軸，就可以從不同角度觀看。

蘇院長簡直看呆了，眼睛眨也不眨地看著投影在牆上的模型。

蕭凱文暗笑一下，又說：「不只這樣，還能微調。」他按下另一排工具列的按鈕，將模型上的眼睛和鼻子再稍做修正，呈現的效果就像是捏黏土一樣。雖然因為筆電效能的關係，畫面有些卡頓，但還是有驚豔到蘇院長。

蕭凱文一邊將這「術後模擬效果」與原始模型做對比，一邊暗暗觀察蘇院長的細微表情，同時介紹說：「從此以後病患在諮詢的時候，就可以即時看到術後的模擬長相。不只會比較放心，你們之間也不必再雞同鴨講。」

蘇院長試探問：「這套系統，你介紹給哪幾家了？」

「老實說，你們是第六家。」蕭凱文攤手，一副無奈：「沒辦法，你貴人多事，很難預約。」

「有哪一家跟你們下訂嗎？」

「這個不方便透露。不過老實說，確實有兩家已經簽MOU；他們都有要客製化的部分。」

「客製什麼？」

「這我就不方便告知囉。MOU裡面有包含保密協議。」

蘇院長單刀直入地問：「這套系統多少錢？簽維護的話，要怎麼算？硬體設備有什麼規格要求？」說到這，他又面露不悅道，「你今天就兩手空空地來，什麼資料都沒給。什麼爛業務。」

說到這，他意識到自己對這套系統表現得太感興趣了，於是轉而嫌棄道：「我看這套系統也不怎麼樣。要是便宜的話，還可以考慮買來當噱頭。不過我目前還看不出這套系統能怎麼幫我賺錢。」

蕭凱文深知嫌貨才是買貨人，耐心回應：「別急，我剛才已經把隨身碟的資料複製到你的筆電裡，你有空再慢慢看。至於價錢嘛，好商量。先讓我介紹完。」

他說完又按下另一排工具列中，手術刀圖示按鈕。畫面再次回到最初蕭凱文設定的原始模型，且模型上出現數個手術刀符號，微微閃爍。他再按下眼睛旁的手術刀符號，便出現一小排動態工具列。按下「圖解」選項後，畫面開始播放動態開刀３Ｄ圖解，讓人對於手術過程一目了然。

「這樣不只對病人解說更方便，診所內部教育訓練或研究交流也更輕鬆。」

蘇院長慢慢地點了點頭，很是動心。

蕭凱文說：「除了面部以外，這套系統還能建構全身模型。而且不是只有開刀，還能模擬出雷射電燒、抽脂、墊假體、打肉毒桿菌之類的。要是注射的話，還能根據模擬效果，推算出需要的劑量。或是反過來，在指定部位輸入劑量，系統就會模擬出施打後的效果。」

「施打效果也可以模擬出來？」蘇院長點點頭，儘管內心讚嘆但儘量不表現出來，「那還可以。」

蕭凱文向他打聽道：「不過我聽說打肉毒桿菌可能會有副作用？像是臉會不自覺抽搐？」

「聽誰說的？我沒看過這種案例。事實上肉毒桿菌還能治療輕微顏面神經失調呢！」

「喔那大概是我記錯了。還有什麼手術會讓人臉抽搐嗎？」

蘇院長抱胸想了一會說：「目前我是沒看到這種案例。可能神經外科手術比較容易遇到這種狀況吧。」說到這，他忽然發現了什麼，指著牆上的投影模型，「她好像沐芸喔。」

蕭凱文的心好像漏掉了一拍，有種心思無意間被看穿的尷尬感。他竭力表現鎮定，露出自然的笑容，順著蘇院長的話說：「你這麼一說，還真的滿像的。對了，她最近怎麼樣啊？」

蘇院長挑了挑眉：「怎麼？你今天來的目的不是為了介紹產品，而是為了打聽沐芸的事？」

他不過隨口揶揄，沒想到蕭凱文反應很大地說：「神經病啊。我隨便問問而已。」說完便匆匆關閉程式、收走隨身碟，「好啦，你慢慢考慮。我還有下一家要跑，先走了，掰。」

蕭凱文的反應讓蘇院長始料未及，不由得傻眼，不懂他這回怎麼走得這麼突然。

等門關上後，蘇院長才回神，將筆電拿回自己面前，一邊操作滑鼠一邊喃喃道：「來看一下價錢。」過了一會又說：「啊太貴了太貴了。一定要殺價才行。」

而蕭凱文一直到出診所、步入電梯，四下無人時，才鬆了一口氣。隨即扶額，懊惱地想：媽的，我是在心虛什麼啊，都還沒談到價錢……唉算了算了，改天再說好了。

接著他才發現自己沒按樓層鈕，按下一樓鈕以後，又深吸了一口氣，冷靜下來後，神情轉為嚴肅。

他憂心地想：蘇院長當下沒有直接回答，不知道診所裡有沒有人知道芸芸的狀況……唉，她到底為什麼會突然變那樣？又不能直接問。媽的真煩。

第六章　獨處

何沐芸一家三口從公園回家的路上，擔心何沐芸的何母說：「今天晚上也住家裡吧？再多待一晚，嗯？明天早上直接從家裡出門上班。」

何父也道：「對啊。既然妳和那個楊建仁已經分手，那要不要乾脆搬回來住啊？反正我們家離妳上班的診所也不遠，搭捷運幾站就到了嘛。」

思慮周全的何母拍拍女兒的手，又說：「租金、押金那些都是小錢，都給了房東就算了。妳退租、回家住，我能每天看到妳、照顧妳，才能安心。」

何沐芸莞爾一笑，柔聲答道：「有什麼好不安心的啊。我又不是小孩子。」

何母說：「妳在媽心裡永遠都是小孩子。我就妳這麼一個女兒，當然得照顧得好好的。」

何沐芸雖然只回家與爸媽慶生，但過了這麼一天一夜，心情已稍微好了些。

她擔心繼續住下去又會做惡夢、再度嚇到爸媽，且眼下還有很多問題需要釐清，唯有獨處才能靜下心思考解決之道。因此她牽起何母的手，溫言婉拒。

「謝謝媽，但我在那個房子住習慣了，就算已經和建仁分手了，我也想繼續住下去。再說，我平常工作的那些資料都放在那裡，明天上班前有些paper必須得看。而且，建仁有些東西也放在那裡，我也需要儘快和他討論、整理東西的去留。」

何母擔憂地問：「但是你們兩個畢竟一起生活過一段時間，妳再回去那裡，不會觸景傷情嗎？」

何沐芸當然會，光是他們分手那晚，她就哭到睡著。但她只是抿嘴一笑，說：「放心吧，我沒那麼脆弱。」

何父知道女兒看似文靜乖巧，實則倔強且非常有主見，決定的事便不會輕易動搖，誰也勸不動。他原本很期待女兒回家住，聽她這麼答，這個希望便落空了。

他輕嘆一口氣道：「女大不中留啊。都已經分手了，還非要住外面。」

何沐芸勾起何父的手，柔聲撒嬌說：「爸，我以後會常常回家看你們的。」

何父摸摸女兒的頭，「好吧、好吧，那妳得吃完晚餐再回去。我們先去買些水果，讓妳帶回租屋那邊吃。」

＊＊＊

何沐芸帶著夜色回到租屋的大樓。

門一開，她伸手開啟電燈開關，室內頓時一亮。

即便是租屋處，家裡也被兩人用心裝潢、添置擺設，一點一滴地被妝點成心目中的「家」的模樣。

柔和燈光下，採優雅古典的英式鄉村風裝潢、柔灰色調的家具與暖色調的擺件將家裡烘托出溫馨舒適的氛圍。

她忽然想起一段往事：兩人一開始租下這間房時，家裡空空如也，連最基本的電器都沒有。但心思細膩的建仁為了給她驚喜，在經過房東的同意下，偷偷找了設計師依照她的喜好來裝潢，甚至連她專屬的衣帽間都打點妥當。因此待她第二次來這間租屋處時，已經有了一個家的雛形。

當時的她是又驚又喜，但如今只剩下物是人非的感慨；曾經對她萬分貼心、寵愛她的建仁，如今已是她的前男友了。

一切來得太快，她來不及消化，也來不及接受。

她抿了抿嘴，用腳關上門，將爸媽塞給她的兩大袋水果和營養補品放到玄關鞋櫃上，再將口罩、肩包、外套掛在衣帽架上。她沒心情整理帶回來的東西，洗過手後便直接往她的書房走。

她和建仁都對居住環境有些要求，所以租的房子很大，四房一廳二衛；除了主臥以外，還有各自的書房和她專屬的衣帽間。

她早已習慣在她的書房辦公，在這裡不只工作特別有效率，心情也能很快沉澱下來，思路才能清晰。

她拿著手機進書房後，先是癱坐在辦公椅上，再點開手機ＬＩＮＥ的訊息列表。

她後來傳給建仁的求和好訊息都是已讀，但他只冷回一則訊息：「妳能解決妳那張臉的問題嗎？不能就不用多說了。我想妳不是那種會死纏爛打的人吧。不然到時候，搞得雙方都難堪，就不好了。我明天中午會回家拿東西。就這樣。」

她看得眼眶一紅，感覺眼淚快要掉下來，便放下手機、仰頭望著一旁的書櫃，讀著那些書背上的書名，轉移自己的注意力。

與爸媽相聚雖開心，卻無助於解決問題。現在是時候回過頭來整理情緒、思緒，面對問題了。

不管建仁願不願意回心轉意、與她復合，當務之急都是治好自己的病症。

她坐起身，拿起桌上的紙筆開始書寫。先是將最近的異常狀況列出來：抽搐、冷笑、口齒不清地說話、左右臉越來越不對稱。

她在最後一點「左右臉越來越不對稱」劃下兩道底線，邊思考邊喃喃道：「也不像是顏面神經失調，到底是什麼呢？」

她在紙上一角寫下「惡夢」兩字後，又隨即劃掉。

接著開始回憶「發作」的時間點，將它們寫下來：晚上睡覺時、晚上吹蛋糕時。

寫到這，她心想：還好今天一整天都沒有再出狀況。目前為止，爸媽和其他人也沒發現我左右臉不對稱的問題。會不會都是在晚上出狀況呢？幸好剛才吃晚餐的時候沒發生什麼事。

她想起剛才與爸媽道別前，爸爸還特別叮嚀她：「不要再打那些有的沒的東西。好好的一張臉，幹嘛畫蛇添足。」

想到這，她忍不住搖頭輕笑，看來阿凱的話真的唬住爸媽了。檢視了一會紙上寫的時間點，又沒看出什麼規律。拿起手機，想用ＬＩＮＥ詢問建仁其他時間點，猶豫了一會還是作罷。

她依照自己的症狀，寫下需要去其他醫院看診或檢查的科別：神經內科、神經外科、精神科。

寫完之後，她放下筆，從抽屜裡拿出一面鏡子，來檢視自己。赫然驚覺不只高低眉變嚴重，連左眼眼型也變得比較圓且眼尾變得比較低。

她更著急了，馬上用筆電網路預約掛號這三個科別後，便開始查詢有無相關論文或期刊文章可以解釋這種症狀。

第七章　美婦

一片黑暗之中，何沐芸再次聽到兩個小女孩的嘻笑聲。

這聲音她似乎在哪裡聽過。還沒想起來，眼前突然微微一亮。幽光之中，有一個穿著青綠色清朝古裝、頭髮盤髻、點翠插梳，美貌的年輕婦人。

婦人一出現就雙手掐住何沐芸的脖子！

她攻擊得很突然，事先毫無防備的何沐芸措手不及，下意識瞠目張嘴，眼神驚恐地看著她。

她神情猙獰，一邊使力，一邊口中唸唸有詞：「……害……死……」

她掐得很用力，何沐芸完全喘不過氣，一掙扎，隨即睜眼驚醒。雖然四周漆黑，但她知道自己平躺在臥室的床上。

然而這不單單只是一場惡夢，因為何沐芸脖子上的重量感、緊扼感並未在醒後減少分毫！

何沐芸很快就發現是「自己的左手」在掐脖子！

不知為何，她可以感覺到自己的左手，但她控制不了它。想用右手去扳開它，居然使盡全力都扳不動；左手力氣出奇的大。

她驚慌地想：怎麼會這樣？我明明就是右撇子啊。

「呃呃……」

她快要窒息之際，靈機一動，身子往左翻成側睡姿、直接用身體的重量壓住左上臂，才順利用右手把左手給撥開，大口大口地深呼吸。

左手一離開脖子，便不再有動靜。呼吸順暢之後，原本急促跳動的心臟也緩慢了下來。

怎麼會這樣？竟然被自己的左手掐住脖子！還好最後想到辦法掙脫。臥姿的關係，沒多久，她感覺左手被壓到發麻。

驚魂未定的她很害怕一翻身，或晚點再度睡著的時候，左手再對她「下毒手」。於是她用右手解開睡袍腰帶上的結，先將左手連同睡袍繫在腰上，才敢翻回平躺姿勢。

左手的知覺慢慢回來，動也不動的，很「安分」。似乎已經恢復正常。

她闔上眼，重重吐了一口氣，接著右手按下床右側的床頭燈。暖光給了她安心感，她用右手支撐、慢慢坐起身。情緒已經緩和下來，但她還是將身體蜷縮成一球。

她抬頭看了一眼牆上時鐘，凌晨三點五十分。彷彿是在安撫自己似地，她右手爬梳了一會頭髮，腦中回想起剛才夢中的畫面。

掐她的女人與昨晚夢中書房的女人長得完全不一樣，倒是與自己長得有幾分相似，只不過臉型和五官都較圓潤。

她心中疑道：為什麼會連兩個晚上都夢到穿古裝的女人？我最近又沒有看古裝劇。還有那兩個小女生的笑聲又是怎麼回事？好耳熟。我是在哪裡聽過呢？

她百思不得其解，索性不再多想。畢竟夢境本來就不一定有邏輯、意義和原因。

她低頭瞥了一眼左手，神色憂慮。對她而言，最大的問題是：為什麼現在連她的左手都失控？會不會之後整個身體的左半邊都失控？她到底該怎麼辦？萬一以後影響到她工作又該怎麼辦？

還有，為什麼身體會有這種「自殘」、「自殺」的舉動？她現在雖然因為分手和左臉出問題而感到沮喪煩惱，但也絕不到想輕生的地步。她從未有過這種念頭，也不認為會有這般潛意識促使左手這麼做。

儘管煩惱，但剛才精神過度緊繃的她，緩和下來便感到格外疲憊。當壁鐘時針指向四點半時，睡意再次席捲而來。

想到早上還要上班，她心想：還是再睡一會吧。睡飽才有精神解決問題。天大的事，明天再說。

於是她關掉電燈，躺下來，右手拉上棉被。

閉上雙眼時，左手仍舊被腰帶繫在身側，靜靜的，宛如一隻俯臥的犬。

＊＊＊

幾個小時後，聖齊奧診所內。

臉色有些蒼白的何沐芸正坐在自己的辦公室椅子上，右手拿著馬克杯，杯中不時有白煙升起，與她發呆靜止的臉龐形成鮮明對比。

沒睡好的她渾渾噩噩，一邊看筆電上的病歷，一邊喝咖啡提神，結果喝咖啡喝到失神。

由於昨日已經臨時請假，今天沒辦法再這麼做。就算精神再不濟，她也必須來上班。幸好今天只有諮詢門診，不用開刀。

她一直維持右手拿杯的姿勢，直到右腕感到不適，才回過神來，將杯子放到桌上。

就在這個時候，她赫然發現在無意識的情況下，左手已經用原子筆在桌上寫了許多字。雖然字體歪七扭八，但她看得出來寫的都是「害死」二字，不斷重複。

而此時左手正在寫三點水的水字旁部首。

它是要寫我名字的「沐」嗎？

雖然不知道何意，但她感到一陣恐慌，嚇得彈跳起身，用右手搶過筆，惶惶不安地衝出診間。

她跑得太快，停下腳步的時候，人已經進到醫護專用茶水間。

正用保溫杯在裝水的醫生——曾麗菲瞥了她一眼，見她臉色蒼白、表情驚恐，又慌慌張張地跑進來，便訕笑道：「幹嘛？妳是見到鬼啊？」

一頭波浪棕髮的曾麗菲與何沐芸一樣，都是高瘦的身材，但曲線更為火辣。她的長相與形象纖細柔美的何沐芸不同，是較深邃立體的美豔濃顏。雖然戴著口罩，但仍露出歐美人般的挑眉貓眼。

她的原生長相並不突出，在到聖齊奧工作之前，還是經過何沐芸的巧手、動過幾次手術才變成如今的出眾相貌。雖然她在手術過後許久，才改名換姓到診所就職，但何沐芸對面部特徵何其敏銳，記憶力又極佳，沒多久就認出曾麗菲曾是自己的病人。只是何沐芸從未告訴別人，私下也從未向曾麗菲提起此事，給足了她面子。

曾麗菲並沒有因此感謝何沐芸，反而因為懷疑何沐芸認出自己是她曾經的病人、見過自己原本平庸的臉而討厭她。平常對她說話也總是陰陽怪氣、尖酸刻薄。

何沐芸不擅長交際，不知該如何回答，只是尷尬一笑，將筆放進醫師袍的口袋中，東張西望了一會，才打開冰箱，佯裝要拿食物吃。

醫護專用茶水間內的冰箱，裡頭的食物都有貼名條。曾麗菲可不是笨蛋，裝好水後，她一邊旋上杯蓋，一邊說：「冰箱裡沒有妳的名條。妳該不會要偷別人的東西吃吧？」

背對曾麗菲的何沐芸頓時渾身一僵，她並沒有因曾麗菲的無禮而生氣，只是閉眼抿嘴怪自己蠢。她轉頭對曾麗菲尷尬道：「我忘記我的優格已經吃完了。」一邊說邊關上冰箱。

「就像是妳忘記戴口罩一樣嗎？」曾麗菲語帶嘲諷，「妳給病人動手術的時候，不會也這麼丟三落四吧？」

此時護理師薛婷婷突然走進茶水間，對曾麗菲笑道：「哎呀我真是躺著也中槍。」她指著自己說：「我也常常忘記戴口罩啊。」

其實薛婷婷並非真的忘記戴。幾秒前，她經過茶水間門口，聽到曾麗菲正對何沐芸酸言酸語，便刻意拿下口罩，將它塞進制服口袋裡，進來為何沐芸打圓場。

曾麗菲微微仰起頭，擺著高姿態、冷眼瞥了薛婷婷一眼，仍不打算放過何沐芸，「妳護理師就算了。她身為醫生，更應該以身作則。進出公共場所，居然連『戴口罩』這麼基本的動作都可以忘記。」

何沐芸想到自己前不久才叮嚀薛婷婷要戴口罩，結果自己竟然也沒做到，感到很不好意思，遂面帶歉色道：「不好意思，我馬上離開。」

薛婷婷忍不住又幫何沐芸說話：「曾醫生，妳也不用這麼嚴厲吧。我們都打過第二劑疫苗了。」

個性強勢的曾麗菲怒瞪薛婷婷，提高音量道：「打過又怎麼樣？打過就不會被傳染嗎？」她邊說邊逼近薛婷婷，令身材較嬌小的薛婷婷感到很有壓迫感，「這麼多管閒事，是不是吃飽太閒？晚點去把開刀房器具全部消毒一遍。」

薛婷婷往後退了兩步，撞上了站在茶水間門口的蘇院長。

方才曾麗菲在茶水間講的話都傳到了外面，所以蘇院長知道她們對話的大概，這才過來替何沐芸和薛婷婷緩頰道：「沒戴口罩確實是疏失，但沒有必要上昇到醫術。還有，麗菲，我對妳待人處事的態度很不滿意。妳私底下怎麼樣我不管，但在我的診所工作，不管是對病人還是同事都必須要有基本的禮貌和尊重。我不管妳們之間有什麼嫌隙，都不要給我在上班時間鬧、不要讓病人看笑話。要是妳損害我們診所的形象和名聲，我會找妳算帳。」

曾麗菲抱胸、垂下視線，從頭到尾都一聲不吭；沒有頂嘴反駁，也沒有道歉回應。她心想：院長果然就是偏心。明明就是何沐芸的疏失，我指責她反而變成是我不對了。再說，清理開刀房本來就是薛婷婷的工作。我是叫她做她分內的事，又不是公器私用、叫她來處理我的私事，哪裡不尊重了啊？

蘇院長看曾麗菲嘴往下撇，明顯看起來很不服氣的樣子，搖了搖頭，又對何沐芸招手說：「來我辦公室一下，有事情找妳談。」

何沐芸看了曾麗菲一眼，又對薛婷婷抿嘴微笑後，便走出茶水間，跟著蘇院長離開。

一名諮詢師隨即進到茶水間問她們：「幹嘛啊妳們？怎麼講這麼大聲？剛才是在

吵架嗎？」

診所內的諮詢師們都是年紀約三十五到四十歲之間，但保養得很好的輕熟女。由於她們的年齡都比曾麗菲大，所以曾麗菲對她們的態度比薛婷婷好上許多。

曾麗菲越想越不甘心，回說：「沒有。我就是看何沐芸沒戴口罩，提醒她幾句而已，結果院長就把我罵了一頓。偏心。」

薛婷婷瞪大眼睛心想：妳剛才哪是在「提醒」何醫生啊，明明就是在找碴啊。但在診所裡，醫生的地位都比護理師、諮詢師高，所以薛婷婷也不敢當著曾麗菲的面反駁她。

諮詢師聽了倒也不太意外，說：「喔院長確實比較照顧何醫生。可能因為她比較資深，平常也比較乖吧。妳也不用太放在心上啦。」

曾麗菲眼珠轉了一圈，「說到這，我倒是想到一件事：何沐芸有時候會待到很晚，然後搭院長的車一起離開。他們會不會在一起了啊？」

諮詢師揚眉道：「不可能吧？我記得何醫生有男朋友了啊。之前還常來接她下班。」

曾麗菲冷哼一聲，說：「對啊，『之前』。他上次出現是什麼時候，妳還記得嗎？」

諮詢師說：「喔，好像確實有一陣子沒看到了。」

曾麗菲涼涼冒出一句：「大概是發現何沐芸和院長『走得很近』，所以跟何沐芸分手了吧。」

諮詢師訝異道：「不會吧，何醫生不像是那種會劈腿的人啊。」

薛婷婷看出曾麗菲的意圖，心想：妳現在是在造謠何醫生劈腿嗎？不行不行。她連忙開口道：「不可能啦，院長曾經被病人的gay達掃中過喔。」她佯裝無辜地睜大雙眼，「曾醫生妳不知道嗎？」

諮詢師點頭附和道：「對耶。這件事我也知道。不過院長也有可能是『雙』啊。」

薛婷婷說：「妳們想太多了啦。何醫生大概只是搭便車回家而已。」

曾麗菲不死心，看這計不成又改口：「我告訴妳們一個秘密，妳們千萬不要說出去喔。」她壓低音量道，「院長之所以對何沐芸特別好、特別照顧，其實是因為何沐芸是他一手『打造』的傑作。聽說她整張臉都有動過……」

她說到一半就被打斷，外面傳來另一位諮詢師的聲音：「曾醫生，找妳的電話喔。」

曾麗菲探頭出去茶水間，回喊：「轉到我辦公室。」說完又回頭對茶水間內的薛婷婷和諮詢師比出一個噤聲的手勢，才快步離開。

諮詢師想了想，對薛婷婷說：「怎麼說呢，大概是因為我在這一行待得太久、看得太多了，所以我認為天底下的頂級美女一定都有『調整』過，也懷疑何醫生有動過。但是……蘇院長耶，他擅長的不是隆乳和抽脂嗎？」

薛婷婷用力點了一下頭，「就是說啊。也不知道曾醫生是聽誰說的。」

兩人都不相信曾麗菲的話。

諮詢師比較年長，人情世故也比薛婷婷懂得多，她很快就想通原由，拿起一旁的咖啡包和紙杯，邊泡起咖啡邊幽幽地說：「妒意真是恐怖的東西。」

薛婷婷明白諮詢師的意思但還是想不通。她問諮詢師：「嫉妒嗎？但是曾醫生自己也很美啊，而且何醫生完全跟她是不同型的美女耶。她有什麼好嫉妒的？」

「誰知道呢？也許是因為院長特別重視何醫生，也許是因為何醫生的醫術比較高、口碑比較好，連帶的業績也比較高。妳也知道很多病人都指定要給何醫生看。」

薛婷婷點頭輕聲道：「我有聽說曾醫生的技術很一般……」

兩個女人互相交換一下眼神，薛婷婷同意道：「妒意真可怕啊。」

第八章　一對魚

夜晚，何沐芸穿著一套白色的法蘭絨睡衣在書房內用筆電。

她正在看一篇與自己症狀相似，探討「異手症」的原文論文。她看得專注，中間伸手拿起桌上的馬克杯，喝了一口熱牛奶又放回去，視線也不曾從螢幕上離開過。

異手症的英文是 Alien Hand Syndrome，所以又稱作「外星人手症」。是一種罕見的神經症候群，通常發生在非慣用手，以多數人來說便是左手。

最明顯的症狀就是「手不受控」；手彷彿有它自己的意識或被另一個人給控制。這與麻痺、痙攣或抽搐全然不同，病患可以感覺到手，也能出力，但手有時不會按病患的想法而動。有些案例中，左手甚至會忽然攻擊自己，甚至企圖殺死自己。

棘手的是，異手症沒有辦法根治，只能透過藥物、行為治療……等方式來控制。但就論文來看，現行的治療方法皆稱不上有效，成效較佳的反而是「催眠」。這對於何沐芸這種經過系統性學習與訓練的外科醫生來說，是一件難以理解的事。

看到一個段落，何沐芸的視線轉向桌上的月曆，日期上的畫記顯示明天是看診日。她抿了一下嘴，內心思索著：如果真的是異手症的話，那麼臉部又是什麼原因呢？會不會也是腦神經出問題？啊，真希望明天檢查能夠一次找出病因。

她闔上筆電，拿起馬克杯、步出書房，將馬克杯放到廚房水槽後，再走進臥房。開燈的那一刻，她感到一陣失落。

往常這個時間點，建仁會在床上看睡前讀物，通常都是原文小說。有的時候讀到有趣的片段，他還會說出來與她分享。但現在他的位置那裡空蕩蕩的；床上依然是兩顆枕頭，但枕邊人再也不會回來了。

何沐芸神情落寞，感慨地想：房間變得好大。

睡前，她將梳妝台前的椅子拉到床邊，椅背朝向她。椅上有她早上擱下的法蘭絨睡袍和帶子。她拿起帶子，用它將左手腕固定在椅背上，才敢熄燈就寢。

＊＊＊

一片黑暗之中，前方微微亮起，她才看見周圍的濃霧。霧便從她的前方不遠處散開，露出一排模糊、灰暗的東西。

那個東西大約有兩層樓高，她往前幾步，仰頭一看，上方那排灰色物似乎是石造的，似波浪又似磚瓦，像是某座小型傳統建築物的屋頂，只不過屋頂下方都被霧氣濃罩得密實，她看不清整體。

屋脊兩側還有一對尾巴翹起、對望的魚，樣式奇特。詭異的是，光線雖然微弱、屋頂本身看得不是很清楚，但那對石魚卻格外清晰。

就在這個時候，何沐芸聽到小女孩們的聲音。

小女孩說：「還給我。這是我的。」聲音雖稚嫩甜美，但聽得出語帶怒意。

何沐芸東張西望，但她周圍都是霧，沒看到其他人影。

另外一個小女孩說：「不對。妳就是我，我就是妳。妳的就是我的。」她頓了一下，特別放慢語速強調，「都、是、我、的。」

她的聲音與第一個講話的小女孩一樣。何沐芸之所以可以聽出是兩個人在講話，是因為後者的聲音不知為何有回音，而且語氣莫名有股陰森感，聽了都起雞皮疙瘩。

何沐芸很快就發現聲音來自那屋頂的上方。她想走近一點看，但不管怎麼往前走，那屋頂始終與她保持十步左右的距離。

她瞇起雙眼，視線聚焦在屋脊上那對特別清晰的石魚時，兩隻魚的魚眼突然同時轉向她！

她一受驚，馬上從床上彈坐起身，瞬間清醒。而且因為力道太大，與左手綁在一起的椅子也被連帶拖移了位。

她先是右手輕撫胸口、安撫自己，深呼吸幾下，才開啟床頭燈。她看了一眼牆上時鐘，心想：又是凌晨三點五十分，與昨晚做惡夢醒來的時間一樣。

感到一絲怪異，她馬上看向左手，有點怕它又忽然發作。但它今晚很正常，凝視了一會，它都沒有動靜。

於是她輕拉了一下左手腕上的活結，確認繫得牢固後，又再次熄燈入睡。

＊＊＊

隔天上午，某間醫院的神經內科門診間內。

何沐芸告訴醫生自己的狀況後，問他：「這會不會是異手症？」

醫生邊看電腦邊思索了一會，道：「妳的症狀雖然都在身體左側，但以神經醫學的角度來看，可能異常或受損的區域是不同的，所以要分開來講。

我們先說左手好了。妳描述的狀況確實很像異手症。但是異手症的成因主要有兩種。第一種是腦部受損，例如頭部受過重創、手術副作用或中風後遺症，這些妳都沒有。至於顱內腫瘤，我剛才看妳兩週前照的MRI，也沒有看到。所以第一種可能已經可以先排除。第二種是神經退化性疾病，依妳的年齡來看是很少見的，但我還是會幫妳排神經反應測試。

再來是顏面的部分。抽搐可能是顱底顏面神經或三叉神經被血管壓迫，導致神經不正常放電。但，就像我剛才講的，妳兩週前照的MRI結果，並沒有這些問題。其他檢查、測試結果都很正常，檢驗結果也都在指標內……然後妳說，妳還會自言自語或冷笑。這個……妳最近身體還有哪裡不舒服嗎？生活或飲食習慣有沒有改變？」

何沐芸有那麼一秒想說：我最近被甩了，好慘。

但她話到了嘴邊又吞回去：「沒有。都沒有。」

醫生抱胸想了一會，才開始邊移動滑鼠邊說：「我還是會再幫妳排一次MRI，但我建議妳先去精神科看診。」

何沐芸口罩下的臉噘起嘴，心想：果然，我被當成神經病了。

她自己也有想過這種可能，但她實在不想面對。

她回醫生說：「我已經掛號了，下午的診。我也有另外掛神經外科。」

醫生輕點一下頭，「神外那邊，可以先取消掛號。檢查結果出來後，如果有需要我會再和神外會診。」

第九章　熙照

精神科門診外，候診座位區旁，何沐芸正站在飲水機前，拿著保溫杯裝水。

她裝好後，馬上在角落找了一個位子坐下。抬頭看向前方診間外的電子看板，上頭顯示門診醫生「陳熙照」，旁邊的看診進度是13號。

下一號就輪到她了。

幾天前，何沐芸在家網路掛號時，也曾一度猶豫。因為她想就診的醫院是她以前待過的醫院，雖然精神科與整形外科樓層不同，她又戴著口罩，但還是會擔心自己被認出來，自己來看精神科的事要是被傳出去，也可能讓自己的事業受到影響。但她最後還是決定選擇自己認識多年且信任的學長。

何沐芸拉下口罩，喝了一口溫水後，又立即拉上。出於忐忑，她再度站起身，在無人的角落來回踱步。

她安慰自己：不要緊張、不要緊張。學長正好擅長催眠，如果最後檢查結果確認是異手症的話，也許學長可以藉由催眠把我治好。又也許，等我治好了以後，和建仁還有可能復合。

但緊接著，她心裡又冒出另一個念頭：會不會建仁已經不愛我了？就算我治好了，我們也已經不可能了。

想到分手前他的種種冷漠、不耐煩，甚至暴怒的態度，她不禁有些沮喪。最近她總是患得患失的。

這時診間響起提示音，電子看板跳到14號，輪到她了。

護理師一開門出來，何沐芸連忙旋緊保溫杯蓋，走向她。她幫何沐芸量額溫、雙手噴酒精後，才帶何沐芸進診間。

＊＊＊

何沐芸進診間時，陳熙照正坐在電腦前看病歷。

他身材較瘦，白袍內穿著米色V領背心。儘管他戴著細金屬框眼鏡和口罩，仍能看出整體斯文俊帥的形象和儒雅的書卷氣。

他不只成績好，還是個溫柔紳士的人。大學的時候，很多女同學都曾愛慕過他；而喜歡斯文型男生的何沐芸也覺得他很帥，把他當偶像。後來她與建仁熟識後，逐漸對建仁產生好感，對陳熙照的仰慕之情才轉為平淡。

何沐芸慢慢走向陳熙照，有些緊張地握了握拳，輕喚道：「學長。」

陳熙照的視線轉向何沐芸身上時，先是眨了眨眼，接著有些訝異道：「沐芸！真的是妳。我剛才看到名字還以為只是巧合。」

何沐芸的口罩下露出一抹苦笑，「對，是我。」

「好久不見。先坐下吧。」陳熙照身體轉向她，推了一下眼鏡又說，「最近怎麼了嗎？」

何沐芸看了一眼一旁護理師，仍心中忐忑。陳熙照說：「放心吧。」

她嘆了一口氣，將自己最近的所有異狀、神經內科那邊的看診狀況，以及與建仁分手的事娓娓道來。

陳熙照全程都很有耐心地傾聽，並且做記錄。他又問何沐芸：「最近睡眠有受影響嗎？」

「有。而且我還做了好幾次惡夢。」何沐芸說到這，又告訴他三場夢的夢境。

陳熙照聆聽的過程中，敲鍵盤的速度加快、專注認真地記下夢境。待何沐芸傾訴完畢，他滑鼠按了一下儲存檔案，才開口：「三場夢境的情節都記得很清楚耶。這很少見。」

何沐芸一臉厭世道：「大概是被嚇出陰影了吧。」

陳熙照溫柔一笑，說：「別擔心。就算真的有陰影，我也會幫助妳戰勝它。我們先來做些測試吧。」他遞給她一個平板，「做完之後馬上就能知道結果。上午診最後一號看完後，護理師會打給妳，妳再回來診間。到時候我們一起來看測試結果。妳可以帶午餐進來吃，沒關係。」

***

中午，何沐芸一走進陳熙照的診間內，陳熙照便對她招手，領著她經過制式的問診桌椅，進到後方一間帶大片玻璃窗的諮詢室。諮詢室是更為私密的空間，所以護理師沒有跟著進去、不會知曉醫生與病患的談話內容，但她可透過玻璃窗看到裡面的狀況。

諮詢室雖小，但燈光和裝潢採暖色調，有許多有趣的擺設，看起來比外面冷冰冰的診間溫馨活潑許多。

中央擺設一組桌椅和心理諮詢用的躺椅。陳熙照一邊拿起小圓桌上的平板，一邊指向躺椅，對何沐芸說：「請坐。」

何沐芸坐下後，他也跟著在她旁邊坐下。

陳熙照一邊操控著平板，一邊對她說明：「測試結果只能看出妳的壓力過大，其他指標都正常、沒有問題。我認為神內科才有辦法確診並治療妳的症狀。當然如果妳有心事想宣洩，我很願意聽。」

何沐芸肩膀垮了下來，無言且無力地往後倒在躺椅上。

陳熙照又說：「但願不是異手症。」他向她坦承，「我目前為止還沒遇過這種案例。不要說是根治了，我連控制病情的把握也沒有。」

他見何沐芸眉頭緊鎖、面容哀戚，便隨手打開桌上一罐馬林糖，將玻璃罐遞給她，問道：「來一顆？」

「當我小孩子嗎？」話雖如此，她還是拿了一顆來吃，隨即皺起眉頭，「好甜啊。」

她坐起身、拿下口罩喝水時，陳熙照忽然注視她的臉，驚呼：「真的不一樣！」

何沐芸這才想到：今天早上趕著出門，來不及化妝。

她平時戴口罩、眉眼又有化妝，所以身邊的人並沒有特別注意到她的眉眼差異。可是一旦露出整張臉，所有五官和臉型輪廓的細微差異「累加」在一起，左、右臉就會有很大的不同。

或者應該說：她的左臉現在看起來已經不是她，只是長得和她相像罷了。

所以這幾天在聖齊奧上班時，她根本不敢把口罩拿下來。就算是中午用餐時間，她也是自己在辦公室吃，就怕被院長、同事們給看出端倪；他們對臉部特徵的敏銳度比普通人高太多了。

陳熙照說：「人臉本來就可能因為生活習慣而有輕微不對稱。我原本沒將妳左、右邊眉眼的不同放在心上，先入為主地認為是妳的工作性質對容貌產生焦慮，對顏面認知出現問題，進而產生『體象障礙』，所以才給妳做測試。沒想到……妳這幾天一定很煎熬吧。」

平時堅毅沉穩的何沐芸眼眶馬上紅了起來。

連日來的身心俱疲，讓她再也無法堅持下去，忍不住落淚，開始哭訴。

「我真的不知道該怎麼辦了。我好怕最後真的是無法根治的異手症，或是找不到病因。左臉的話，就算之後接受顏面整形手術，將左臉調整回來，可能也是治標不治本。你懂那種感覺嗎？我明明就是醫生，幫助過那麼多人修復、調整他們的臉，可是卻對自己的臉無能為力。你知道我有多崩潰嗎？身為整外醫生，卻救不了自己的臉。而且還要整天幫一堆顏面正常的人評估動臉。」

說到這，她握緊拳頭，語帶怨氣：「那些人明明臉就好好的，整什麼整啊！真正需要醫治的是我的臉！我的臉！」她舉起左手再吼：「還有想殺死我的這隻手！我的手！」

在陳熙照記憶裡，何沐芸一直都是冷靜沉穩，沒有太大情緒起伏的人。因此他見她情緒如此激動，心中也有些驚訝。但他並沒有表現出來，僅微微揚了一下眉。

他將面紙盒遞給她，道：「先別往壞處想。不管神內科結果是什麼，妳還是可以再到其他醫院做檢查啊。」

何沐芸看了一眼他手上的面紙盒，但並沒有接過來。而是直接從椅旁的小圓桌上，拿起剛才那罐玻璃罐，取馬林糖來吃。

她太需要甜食來撫慰心靈了。

陳熙照默默把面紙盒放到小圓桌旁，繼續說：「雖然左、右臉不對稱的問題，我幫不上忙。但就左臉冷笑、竊竊私語，還有左手的行為，也許可以透過心理治療來改善。從心理學的角度來看，這些行為並不是妳的身體出問題，而是心理。心理影響生理，才會導致行為異常。就妳上午說的內容來看，我認為有可能是妳感情上的連續挫折，勾起了某些傷心但已被大腦刻意抹去的回憶片段。記憶不是一成不變的，是會不斷解構、清除、重組、生成的，妳的夢境很可能就是記憶片段重組後的產物。」

何沐芸的理智稍微被拉回了一些，她輕咳一聲：「也就是說，夢境裡的古裝女人有可能是我認識，但遺忘的人？所以我才會覺得她們很眼熟，甚至覺得其中一個長得很像我？」

「沒錯。不只是人物。妳也可以在生活中尋找與夢中相似的場景或物品。也許這有助於幫助妳想起妳曾經的創傷。心理創傷和生理創傷一樣，只有找出根源、面對它，才有可能解決。等到妳有進一步的發現，再來找我。我們一起看看如何解決。」

前幾天一籌莫展的何沐芸，如今終於有了新方向。這對她來說，彷彿是黑暗中出現一道光。她點頭說好，拿起桌上的面紙拭淚。

她離開諮詢室前，陳熙照忽然叫住她：「沐芸。」

她停下腳步、回頭時，他正好追上來，並且伸手遞過來一個大約五十元硬幣大小，由黃色符紙摺成的六角符。

她並沒有馬上接過來，而是疑惑地問：「這是？」

「平安符。妳隨身帶著它幾天試試。」他又補充：「睡前把它放床頭。」

她訝異地說：「你信這個？」

「符咒可以產生心理暗示，或許可以幫助妳安心入睡。」

她本身不信這些，也不認為符咒能對她產生心理暗示。但既然學長都這麼說了，她不收好像也不太好。

姑且試試吧。她心想。

她接過符後，將它拿到眼前打量了一會，才將它收進手提包裡，對陳熙照說：

「謝謝學長。」

＊＊＊

何沐芸曾經在這間醫院工作數年，因此對周遭環境很熟。她一步出醫院，便打算抄捷徑到捷運站。她在小巷內穿梭時，眼前兩旁的老公寓讓她想起夢中的石造屋簷。

會不會是某座古蹟呢？廟宇或是傳統四合院之類的？

她邊走邊用手機搜尋起台北的古蹟。查到一半時，突然有人拍了一下她的肩膀。

她嚇了一跳，轉頭一看，是個戴棒球帽又戴口罩，看不出五官的男人。他的身材普通，不胖不瘦；身高與高挑的何沐芸差不多，大約一百七十出頭，因此她可以與他平視。

她上、下打量他一會，他身穿運動風連帽外套、牛仔褲，以及不知道是本來就是灰色還是有點髒的休閒鞋。

她心想對方應該是認出自己，所以才向她打招呼，但他的外觀實在看不出特點，所以她完全想不起來對方是誰。

她疑道：「有什麼事嗎？」

男人眉眼一彎，笑了一下說：「喔，那個，我剛才也在精神科。」

何沐芸一驚，心虛地想：不會吧，難道我被以前的同事認出來了？

她忐忑地問道：「我們認識嗎？你是哪位？」

「不認識。我就是想說，既然我們都是來看精神科，就是有緣。那就來認識一下，做個朋友嘛。」

原來是來搭訕的啊。還好不是被以前的同事認出來。真是太好了。

她微微鬆了一口氣，禮貌婉拒說：「不好意思，可能不太方便。」

她轉身正要繼續走，對方竟突然抓住她的右臂說：「給個面子嘛。」

她驚恐地瞪大眼睛，「你幹什麼？放開我！」同時左右張望，想向路人求救。

當她發現巷內只有他們兩人時，她的第一個反應是責怪自己。

她怪自己不夠有警覺心，害自己陷入這樣的處境。因為這附近她很熟，又是大白天，所以她自己一個人在巷內行走的時候，只顧著用手機查資料，完全沒有留意周圍狀況，自然也沒發現這個尾隨她的男人，讓他有機可趁。

她想抽手，但對方力氣很大，她根本掙脫不開。正當她想大喊救命時，對方竟伸另一隻手過來，搶走她右手上的手提包。

危急關頭，當然是保命要緊。她正想趁他的注意力都放在包上時，踢他的小腿脛骨以求脫身，他忽然開口說：「讓我看看妳住哪裡、叫什麼名字。妳剛才才看完醫生，一定有帶健保卡，我至少可以知道妳的名字。」

這時何沐芸才意識到：他不是要搶錢，而是要翻看她的證件。

「不要！」何沐芸驚慌地大叫一聲，左手冷不防抽出針織外套裡的手機，以機身側面劈向男人的左頸。

那一下劈得很大力，男人瞬間頭歪向一邊、身體霍然往右一晃，手提包從他手中滑落。何沐芸趕緊抬起右腳朝他的右腿脛骨踢下去，他一吃痛才終於鬆開她的右臂。

她正想逃跑，左腳竟突然自己抬起，朝他胯下猛力踹去。

力道之大，男人緊閉雙眼、痛得哀號一聲，彎腰蹲在地上。

她被自己的行為給嚇到了，愣愣地盯著自己的左手、左腳一眼，才連忙撿起手提包，拔腿狂奔出巷子。

直到她進到捷運站之後，確定那個男人沒有跟過來，才總算放慢腳步。

第十章　牌坊

接下來的一週，何沐芸將夢境的線索分成兩個方向尋找：一是夢中的石造屋簷，屋脊上還有一對對望的石魚；二是夢中兩位穿古裝的年輕女子。

屋簷的部分勉強算是有進展。

憑著記憶，她一開始先在網路上搜尋自己去過的台北古蹟，之後又實際走訪她租屋處附近的小廟。但它們的屋頂設計都是典型的「閩南式」；兩邊高高翹起的燕尾脊，以利雨水傾流。與夢中較偏向「硬山式」、平直的屋頂截然不同。

再者，林安泰古厝那類的「民居」屋頂上不會有交趾陶裝飾，只有宮廟才會有。即便如此，廟宇屋頂上的裝飾多為水龍、仙鶴……等祥獸，或福祿壽……等神仙，而不是魚。她唯一能找到魚型物的只有屋簷邊緣、排水用的「落水口」，位置和造型皆與她的夢大相逕庭。更何況不論是民居還是宮廟屋頂都是色彩繽紛或喜氣洋洋的暖色調，而不是夢中全灰石造那般死氣沉沉。

之後她改變搜尋方向，轉查日式傳統建築，這才查到日本古城的天守閣。天守閣屋脊兩端都有一對尾巴翹起、對望的「鯱」，例如姬路城和熊本城。

儘管她從未去過日本，也儘管這些天守閣的屋頂與她夢裡的樣式仍有種說不上來的不同，但這已經是目前為止所能找到最貼近夢中樣式的建築了。

她只好告訴自己：一定是以前在電視上或網路上看過日本古城的介紹，所以才做夢夢到。又因為記憶重組，所以夢中的屋脊樣式和真實的不同。

人物的部分，何沐芸本身對人臉的敏銳度極高。在陳熙照為她指明方向後，她更加確定自己一定在現實生活中見過夢中那兩位女人。

前幾天，她利用上班的空檔，用手機陸續將ＬＩＮＥ、Facebook和Instagram好友都滑過一遍，但都沒有看到相符的。

這天，中午午休時間，何沐芸獨自在個人辦公室裡用餐。一籌莫展的她食慾不佳，便當吃沒幾口就放下筷子。

她一度想傳ＬＩＮＥ訊息問母親：「妳還記得我的畢冊放哪裡嗎？」

但何沐芸隨即想到自己已經畢業很久了，而夢裡那兩個女人應該是近年見過的，所以才如此眼熟，便又將ＬＩＮＥ訊息輸入框裡的話給刪掉，改輸入：「媽，親戚中有沒有人和我長得很像？」

何母秒回訊息：「有。妳老媽，我。」

「不是啦。我是說，除了妳以外。」

「當然沒有。除了我以外，誰能長這麼美？」何母傳了一個得意洋洋的表情貼圖，又問：「妳問這個做什麼？」

何沐芸讀到母親反問她的話，有些慌張地從辦公椅上站起身，左思右想了一會才回傳：「沒什麼啦。我以前的同學告訴我：她昨天中午在路上看到我。但我昨天一整天都在診所啊。所以才好奇有沒有親戚和我長得很像。」

「是嗎？我怎麼覺得哪裡怪怪的。真的是因為那件事才問我？」何母又傳了一個懷疑的表情貼圖。

何沐芸看到之後，心虛地將手機反蓋在桌上，藉此逃避母親的追問。

這時手機響起LINE來電的鈴聲，何沐芸猶豫了一會，還是沒敢接。等到鈴聲結束後，她將手機拿起來看，才發現不是母親打來的，而是陳熙照。

同時，她也在訊息列表中，看到自己與爸媽的三人群組有幾則未讀訊息。出於好奇，她優先點開群組來看，是媽媽要她將那天在公園，她幫他們合照的照片傳給他們。

何沐芸翻看手機相簿時，才發現公園裡的合照中，爸媽背後不遠處的「牌坊」。她美目訝然一瞠，將照片放大一看，它的造型與她的夢一模一樣！

何沐芸盯著手機螢幕上的牌坊，欣喜地喃喃自語：「就是它！終於找到了。」

也是在這個時候，她才想通：自己之前為什麼會覺得「那些日本古城天守閣屋頂和她的夢有著說不出的差異」。

原因出在：天守閣屋頂是有斜度的，而她夢中的石造物沒有，而且比較扁也比較短。只不過因為夢中的光線很暗、石造物有點糊，她又無法靠近查看，所以不知道它真實的體積多大，只是先入為主地以為它是某座傳統建築的屋頂。

其實它是牌坊的頂部才對。

何沐芸立刻回撥，將這個好消息告訴陳熙照，並與他約好：下班後一起過去查看牌坊。

＊＊＊

入夜，何沐芸回到家裡附近的公園。

她走到公園入口時沒見到陳熙照，便點開ＬＩＮＥ，想打電話給他。這才看到他傳來的訊息：我會晚點到。

她在原地等了一會，便傳訊息告訴他：「我想自己先去牌坊那邊看看。你到了直接來找我吧。」

傳完訊息後，她隨即轉身走入公園。

這個時間點，大部分的人不是在下班回家的路上，就是正在買飯、用餐。公園內的環境與外面大馬路上的車水馬龍不同，特別幽靜空曠。她沿著步道走了幾分鐘，才見到一個路人。

寒風一吹來，樹梢間響起枝葉摩娑的沙沙聲，聽起來有些蕭瑟。何沐芸縮了縮脖子，停下來將圍巾圍好，才繼續走。

公園的步道路線很多，但熟悉此地的她，每每走到岔路口都毫不猶豫地前進。

自從她上次在醫院附近的巷子裡被跟蹤狂騷擾，她就變得有點神經兮兮的。儘管公園內的路燈燈光明亮，這裡又是她從小玩到大的地方，她走到較昏暗的路段，還是會特別東張西望並加快腳步。

很快地，她眼前就出現一座三門青石牌坊。

她邊向它邁進，邊心想：這個牌坊我從小到大看過無數次，但是從來沒留意過它，也沒把它放在心上。為什麼我會夢到它？單純是因為前幾天和爸媽來公園散步時，看到它的關係嗎？

她走到牌坊前，約兩、三步的距離停下來，仰頭往上看。牌坊頂端雖然高，但周圍有特別架設燈光照明，因此她可以看得很清楚。頂端果然與她夢到的樣式一致。

她先對牌坊拍幾張照後，才將牌坊兩面都看過一遍。上頭除了有花鳥祥獸雕刻以外，柱上也刻有表彰對象的生前事蹟。

這座「鄭氏節孝坊」表彰的對象是清朝人士洪仰全的妻子——鄭氏。

洪仰全英年早逝，鄭氏正值花信之年，卻決然為夫守貞、從一而終，將孩子養育成人。

何沐芸看完之後，對於牌坊本身沒有太多的想法，倒是想起夢到牌坊時，聽到兩個小女孩的對話。

接著她馬上想起：她與爸媽來公園散步，經過這座牌坊時，她也曾聽到小女孩們此起彼落的笑聲。雖然她當下沒有看到她們的身影，但她們的聲音和這座牌坊確實都如陳熙照說的一樣，都是她現實生活中存在的東西。

循著線索，找到其中一場夢的源頭固然值得高興，但她並沒有因而想起其他事情。陳熙照所謂的「被刻意遺忘的記憶片段」至今仍是個謎。

她有些喪氣地甩了一下圍巾，心想：現在只能往夢中女人的身分查了。

就在這個時候，她眼角餘光瞥見斜後方地上有個長長的影子在朝自己靠近。

背後有人。那個人腳步很輕，要不是因為她看到地上的影子，根本就無法察覺有人正走向自己。

「學長？」她下意識以為是陳熙照，轉頭一看，卻是一個身形與他不同，戴棒球帽又戴口罩的男人。

而且這個男人的身材和穿著打扮，與上次那個在醫院附近騷擾她的男人一模一樣。

她戒備地退後兩步，心懷恐懼地看了他一眼，轉身就往另一邊跑。她跑沒兩步，圍巾就被人從後方猛然一拉，她喉嚨一緊，整個人重心不穩、向後倒去。

她雙眼圓睜，下意識仰頭、雙手抓住喉嚨前的圍巾，同時左腳向後一踏，這才穩住了身體。

男人低沉沙啞的聲音在她耳邊響起：「妳好狠，害我住院住了整整一個禮拜。」

他頓了一下，「不過沒關係。我一出院就在附近看到妳從一棟大樓走出來。我就說我們有緣嘛。」

就在這個時候，前方有人朝他們尖叫：「啊！他在對那個女生做什麼？」

何沐芸一看，是四個女學生。從她們的校服來看，是就讀附近國中的學生。

她趁戴帽的男人注意力被學生轉移、手稍微鬆開的時候，左腳踩穩，整個人逆時針轉一圈，掙脫開圍巾。

她抬起右腳再次踢向男人的小腿，轉身邊跑向那群學生，邊喊：「救命啊！快報警！」

沒想到男人絲毫不懼他人目光，將圍巾往旁邊一扔，馬上又追來。她拿肩背包打他，反被他一手抓住、再猛然一扯，她頓時被他拉到面前！

正當他從口袋裡拿出一把大號美工刀，舉手朝她的臉揮下時，一束強光突然照在他們臉上，亮得她睜不開眼。

閉眼時，她感到有人抓住她的手，想拉著她跑。她下意識想甩開，卻聽見陳熙照的聲音：「是我！」

她這才沒再掙扎，而是讓他拉著她，往另一邊方向跑。不過幾秒，待她再睜開雙眼，已經與戴帽的男人距離十步左右，而那一群女學生也熱心地跑到他們身邊關心。

原來是陳熙照刻意用手機開啟手電筒，並且亮度調到最強，對準戴帽的男人雙眼照過去，產生瞬盲的效果。

等戴帽的男人恢復視覺時，何沐芸已經與他拉開距離，而且正和一群路人一起往外面大馬路的方向跑。

戴帽的男人見何沐芸身旁的男人正拿著手機拍他，因此有所忌憚，不敢再追上前，只是雙眼緊盯著何沐芸。

一群人中，兩個女學生也依樣畫葫蘆地拿出手機拍戴帽的男人，其他人則警覺性很高地拿出雨傘或防狼噴霧器防衛。

而何沐芸看到女學生手上的防狼噴霧器，便回頭看了一眼仍被戴帽男人抓在手上的肩背包。其實她包裡也有防狼噴霧器，但是她每次遇到危險時都沒想到要拿出來用。不過有了上次的前車之鑑，現在她出門幾乎都不帶證件，包裡只有不記名的悠遊卡和少量現金。買東西除了用現金、悠遊卡付款以外，就是用手機電子支付。因此就算整個包都被戴帽男人拿走，他也無從得知她的身分，而金錢上的損失也有限。

脫離險境之後，陳熙照帶著何沐芸到附近的警局報案。何沐芸除了將戴帽男人的外在特徵告訴承辦警察之外，也提供了一個重要的線索；只要將一週前的看診名單，和過去一週的住院名單來交叉比對，進行篩選，應該很快就能查出男人的身分。

待何沐芸和陳熙照離開警局時，時間也已經晚了。心神未定的何沐芸不打算回租屋處，而是決定就近回家過夜。

陳熙照送她回家的路上，忽然想起一事，便問她：「如果我沒記錯的話，妳應該是右撇子吧？」

何沐芸摸不著頭緒地說：「是啊。怎麼了嗎？」

「那就奇怪了。」接著陳熙照告訴她：方才跟蹤狂拿美工刀攻擊她，她在危急關頭，反射性伸出雙手護住自己的頭部。

「理論上，伸雙手格擋時，慣用手，大部分人都是右手，一般都會在內側。因為『慣用手』的反應速度比『非慣用手』快。但妳擋刀時，左手是在內側，也就是左手反應比右手快。我記得妳不是左撇子，所以才覺得奇怪。」

何沐芸聽了也覺得奇怪。她想到最近左半身的種種異常，心中更是困惑。幾次身處危險時，她當下根本來不及反應，但左手、左腳就已經自己先行動了。

「為什麼左手一下想殺我，一下又救我、保護我呢？如果是它有自我意識，知道：我死了，它也不可能活。那麼它一開始就不該攻擊我，趁我睡覺時掐我脖子啊。」接著何沐芸又告訴他，「我夢到的那對石魚就是來自剛才公園裡的牌坊沒錯。但是我看到牌坊之後，卻沒有想起什麼。」

「別氣餒。繼續找下去吧。」陳熙照鼓勵她道。

何沐芸點頭又對他說：「還好跟你約了一起去看牌坊。如果今天只有我一個人，那麼剛才——」

他打斷她的話說：「這種假設無法成立，因為過去無法重來，所以妳也不用再糾結那件事。接下來出門小心一點就好。」

「嗯。總之，謝謝你剛才救了我。」何沐芸說。

陳熙照笑了笑，溫柔道：「不謝，有空請我吃飯就好。」

她微微一笑，點頭答應，沒有發現兩人邊走邊說話時，一台黑色的BMW從他們身旁駛過的剎那，刻意放慢了速度。

車上的駕駛正是蕭凱文。儘管何沐芸身穿較厚的駝色大衣，他還是一眼就從她的背影認出她。看她行走的方向似乎是要回家，然而，她身旁的男人身影卻不像是楊建仁。所以蕭凱文放慢車速，想趁經過時確認一下。

結果果然不是楊建仁，而是他從未見過的陌生男人。

他心中起了疑，將車開回住宅大樓的地下停車場後，又徒步走出大樓，打算佯裝出門買東西，與何沐芸他們不期而遇。

而大樓外面不遠處的人行道上，陳熙照關心地問何沐芸：「最近睡得還好嗎？還會做惡夢嗎？」

他這麼一問，她才意識到自己已經有一個禮拜沒有做惡夢了；左臉也沒有莫名抽搐、冷笑，嘴巴也不會發出怪聲音，左手也不會在深夜熟睡時攻擊自己。

她睜大雙眼，驚喜道：「沒有耶，這幾天都睡得很好。大概是因為我潛意識猜測自己不會再做惡夢、不用再擔心做惡夢尖叫會嚇到爸媽，所以剛才離開警局的時候，我才會馬上就決定今晚回家過夜吧。」

「那大概是護身符真的起作用了吧。」

她嫣然一笑，不認同地說：「才不是。我想，應該是因為我把所有困擾我的心事都告訴你之後，終於如釋重負，身體才稍微恢復正常。」她想了一下，「也許我生理上根本沒有疾病，而是精神壓力造成我的身體異常？可是如果是這樣的話，為什麼後來我遇到危險的時候，左手、左腳還是會自動『出手』保護我呢？為什麼我的臉還是左右不對稱？還有，我最初的壓力源又是什麼？」

何沐芸說到這，見到蕭凱文從前方的大樓門口走出來，注意力就被轉移了過去，思路也被打斷。她對他打招呼道：「阿凱。」

蕭凱文也對她揮了揮手，主動向她和陳熙照走去。

陳熙照見眼前的男人身形高大挺拔，口罩外的眉眼深邃，穿著深色大衣、西裝褲和皮鞋，整個人看起來像是商界精英，又像是電視上的明星，便好奇問何沐芸：「他是妳的鄰居？」

「對。也是我的好朋友。我們小學就認識了。」

「他應該很多人追吧？好像明星。」

已經看習慣的何沐芸並沒有意識到蕭凱文的外型有多出色，是以有些訝異地說：「會嗎？應該就是長得比較高吧。」她頓了一下又笑道：「不過他確實很多人追喔。他從小就很受女生歡迎。」

「那你們怎麼沒有……」

「拜託。我們就是好朋友。他對我來說就像是家人一樣。」

此時蕭凱文已經走到兩人面前，他問何沐芸：「芸芸，吃飯了嗎？」

「吃了。你呢？」何沐芸看了一眼他的穿著，猜道：「應該才剛下班吧？」

「對。我正要去買晚餐。」蕭凱文的視線轉向陳熙照，「這位是？」

何沐芸回道：「喔，他是我的大學學長陳熙照。他現在在我以前待的醫院上班。」接著又對陳熙照介紹：「他叫蕭凱文。是做醫材業務的。」

儘管這是蕭凱文與陳熙照第一次見面，陳熙照也並未在蕭凱文面前流露出對何沐芸的好感，但當蕭凱文得知陳熙照是大醫院的醫生，又是何沐芸的大學學長，再加上他似乎是她喜歡的那種溫潤如玉、斯文型，便已自動將他視為是假想敵。

蕭凱文心想：媽的，楊建仁就已經夠礙眼了，現在又多了一個同款的。排我後面啦你。

然而蕭凱文對陳熙照並沒有因此冷漠無禮，反而本著「知己知彼」的心態，更想認識陳熙照，便對他伸出右手，身體前傾，露出業務制式的笑容：「喔，那很厲害耶。你好你好。」並刻意攀談道，「現在是主治醫師了吧？你是看哪一科啊？」

陳熙照與他握手，回以禮貌一笑：「精神科。現在是主治沒錯。」

思路敏捷的蕭凱文馬上想到何沐芸慶生那晚的異常，隨即斂起笑容，正色問道：「那你們怎麼會……遇到？」

「啊？」何沐芸一時不知如何回答。她暫時還沒想讓身邊的親朋好友知道自己最近的狀況。

心思細膩的陳熙照看出了何沐芸的不自在，簡短回道：「我們白天在路上遇到，就約好晚上一起吃飯。」

何沐芸見他即時為自己解圍，回以感激一笑。

這看在蕭凱文眼裡，再曖昧不過。他心想：難道陳熙照不知道芸芸已經有男朋友了？還是芸芸最近和楊建仁吵架、正在冷戰？不會吧。他們不是快要結婚了嗎？

這時何沐芸突然打了個噴嚏，她縮起脖子、抱胸對陳熙照說：「那個，我家就快到了，你送我到這裡就好。快點回去吧，天氣太冷了。」

蕭凱文順著何沐芸的話，試探道：「天氣這麼冷，妳怎麼出門沒圍圍巾啊？妳不是脖子怕冷嗎？」

說完，他便解下自己的灰色圍巾，打算幫她圍上。

她退後一步，揮手婉拒：「不用啦，就快到家了。」

蕭凱文上前一步，「圍上吧。妳晚點要是再打噴嚏，被妳媽看到，她就會碎念一整個晚上。妳想想，要是妳真的感冒了，她會念幾天。」

何沐芸一想到母親插腰叨念的樣子，頓時皺起眉頭，不再抗拒，乖乖讓蕭凱文圍上圍巾。

洞悉人心的陳熙照當然看得出來，蕭凱文此舉是在試探他們之間的關係，同時也有示威的意味在裡面。儘管陳熙照對何沐芸確實有好感，但兩人畢竟只是學長、學妹的關係，他又有何立場表示什麼。因此他只是抱胸，一言不發地看著蕭凱文替她圍圍巾。

蕭凱文用眼角餘光默默觀察陳熙照的反應；他雖然沒說話且面無表情，但肢體語言騙不了人；他先是抱胸，再來將身體重心傾至左腳，又馬上移到右腳，似乎有些不耐煩了。

蕭凱文暗笑在心。他圍完圍巾之後，察覺何沐芸身上並沒有攜帶任何包包，便好奇問：「妳怎麼身上都沒有包啊？平常出門不是都會背個包嗎？」

何沐芸雙眼瞪圓，如芒刺在背，心想：這傢伙為什麼總是觀察力那麼好啊？好到令人討厭。

不擅長撒謊的她，愣了一下才回：「喔。我剛才已經回到家了。只是又下樓拿東西給學長而已。那個，我先回去了，天氣實在太冷了。」她邊說邊往大樓方向移動，頻頻對蕭凱文和陳熙照揮手再見。

蕭凱文挑眉心想：都幾歲了，還這麼不會說謊。想瞞我，哼。

但他看破不說破，只與陳熙照一同向她揮手再見。待她進大樓後，他才轉頭，開門見山地問陳熙照：「怎麼樣，你對我們芸芸有意思喔？」

陳熙照倒也不隱瞞，乾脆地點頭承認。

蕭凱文又問：「你不知道她有男朋友嗎？」

陳熙照眼珠轉了一圈，心想：他不知道沐芸已經和楊建仁分手的事。但這件事也不該由我來說。

因此他回蕭凱文一笑，直視道：「那又如何？」語氣溫柔而平靜。

蕭凱文挑眉，暗自心想：啊這傢伙。看起來這麼斯文，沒想到是個狠角色。

他輕輕點頭，回陳熙照說：「也是。」

儘管兩人沒有太多對話，陳熙照也從頭到尾都沒有問過蕭凱文任何問題，但當兩人眼神交會時，直覺告訴蕭凱文：他不僅是個溫文儒雅的人，還是個睿智通達的人。即便我們之後真的變成情敵，我恐怕也無法討厭他。

第十一章　有苦難言

黑暗之中，何沐芸眼前突然亮了起來。但那種光很昏暗，而且看不出光源在哪。

「嗚……」

一陣女子哀婉的哭聲傳來，飄忽不定，與光源一樣不知來自何方。何沐芸聽了感到毛骨悚然。

此時一個人影忽然出現在她面前！她被嚇得瞪大雙眼，眼前又是那個穿著一襲碧綠古裝，相貌美麗的年輕婦人。她髮髻的樣式與珠寶髮梳的款式都與何沐芸之前夢到的一模一樣。只不過此時她的臉有些青綠，看起來更加幽怨陰森。

何沐芸雙手握拳、縮到胸前，害怕地連連後退，心想：又是她！她又想幹嘛？

但這次婦人沒有再攻擊她，只是緩緩朝她走來，神情哀怨苦惱，皺眉嘛嘴；嘴唇不時顫動，口中不停發出悶聲：「嗯……唔……嗯……嗚嗚嗚……」

何沐芸察覺異狀，見對方沒有要攻擊自己，便停下腳步，仔細凝視。

婦人五官都皺在一起，似乎很吃力的樣子，發出異響：「嘎……嘶……嘶……害嘶……死……」

何沐芸美目圓瞠，她想起來了：她在生日那晚，與爸媽、蕭凱文一同慶生時，她也曾經發出「嘎嘶」的音。那是「害死」的意思。

同時，何沐芸也終於看出婦人無法正常說話；她的嘴巴似乎被什麼東西黏住了。就算用盡全力，也只能勉強從唇縫中擠出幾個字，或者應該說是幾聲含糊的音。

何沐芸之前見婦人如此模樣，只當她是神情「猙獰」，現在看來是施力過猛才面容扭曲。

何沐芸疑惑地想：她是想說「有人害死了她」嗎？還是？為什麼要讓我知道呢？

由於何沐芸不確定婦人到底想表達什麼，因此沒有馬上回應婦人。

或許是因為何沐芸神情茫然，婦人以為她沒聽懂自己想傳達的意思，更是著急地指著自己的脖子，又掐住自己的脖子。

婦人見何沐芸從揚眉變成鎖眉、似乎更加困惑，當即不耐煩地仰頭，握拳亂揮，接著竟忽然上前一步，伸手欲掐住何沐芸的脖子！

何沐芸下意識後退，伸雙手格擋的剎那，人瞬間醒來，從家裡房間的床上彈坐起身，雙腿縮了起來。
小夜燈暖黃的光線下，她環顧房間一圈，確認周圍沒有異狀，才鬆了一大口氣，身體往後靠在床頭櫃上。她的背隨即抵到硬物，轉頭一看是時鐘。
上頭顯示的時間是四點整。
「怎麼這幾次做惡夢醒來，都差不多在這個時間？前兩次做惡夢醒來時都是在三點五十分，當時我都是在租房。這次和第一次醒來時都是四點，都是在家裡……」接著她忽然意識到什麼，拿起時鐘，「因為我把家裡時鐘調快了十分鐘！所以實際上我每次做惡夢醒來都是三點五十分！怎麼會這麼剛好？」她不解地喃喃道。
她把時鐘放回床頭櫃，撥了一下頭髮，雙手摀住臉，問自己：「為什麼又突然做惡夢了？明明前幾天都睡得好好的……是因為被跟蹤狂攻擊嗎？那為什麼會是夢到那個穿古裝的女人？」她腦海中頓時浮現一個念頭，隨即放下雙手、抬起臉：「護身符！」
她再次轉頭看向床頭櫃，上面除了時鐘以外，什麼都沒有。
她這才想起：護身符在自己租屋處的床邊桌上。自己昨天早上出門時，忘了把它帶在身上了。
接著她搖頭輕笑，自嘲道：「我在想什麼啊，怎麼可能是因為護身符不在，才做惡夢。迷信。」

雖然時間還早，但她再也睡不著，遂打算先起床做點事，待會有睡意再回去睡。

她下床走出房間後，先墊腳走到爸媽房門口，耳朵貼著門板傾聽了一會，確認房內沒有動靜，便猜想自己剛才做惡夢醒來時，應該沒有吵醒他們。這才轉身去廚房泡了一杯熱牛奶，打算回房間上網找「鄭氏節孝坊」的資料。

這一連串的經歷使她將夢境與公園裡的「鄭氏節孝坊」產生了連結，懷疑剛才夢中的古裝女人與其有關聯。

也許那個女人就是鄭氏本人。又也許，另一個夢境中，被下毒後，才剛毒發就被人掐死的女人，也是鄭氏。

想到這些可能，何沐芸對這位「鄭氏」便感到越來越好奇。

她坐在桌前，一邊喝熱牛奶，一邊用筆電搜尋鄭氏節孝坊的資料。

鄭氏本名「鄭香桂」，生於清嘉慶年間，年方十七時便嫁給了大稻埕富商之子——洪仰全。

她二十四歲時，丈夫去世。她從一而終，不再另嫁他人，與夫家一同扶養一兒一女，並代夫孝順公婆。

鄭氏晚年因此節孝事蹟，特別受朝廷賞金表揚。她於清同治年間歿，享壽八十。地方耆老特別向官府舉薦鄭氏節孝之事。

清嘉慶年間，台灣行政區域劃分為一府四縣三廳，淡水廳管轄區域涵蓋今日的基隆、台北，與部分的新北、桃園。因此當時的地方官員「淡水同知」將鄭氏與其他賢婦、節孝、貞烈一同載入《淡水廳志》，讓諸位芳名永傳。

何沐芸很快就發現鄭香桂的生平與她的夢境細節矛盾重重。

首先，她假設夢中被下毒又被掐死的女人，與掐她脖子的女人是同一個。那麼那個女人被掐死時，應該才二十幾歲，因為她看起來非常年輕。

然而，牌坊表揚的鄭香桂卻活到八十歲。

何沐芸偏著頭猜測：「難道她後來獲救、沒死？」

接著何沐芸又往另一個方向思考：夢中的女人毒發時，曾提到她的兩個孩子還小。假設夢中的女人不是鄭香桂，那麼她只是恰巧與鄭香桂一樣擁有二個孩子……

何沐芸又猜測道：「會不會……夢中的女人不是鄭香桂，而是與鄭香桂有關係？還是說，鄭香桂是夢裡那個穿桃紅色古裝的女人；那個與女人起爭執、扭打後，打開書房機關，把女人推進密室裡的人？」

何沐芸決定一鼓作氣地查下去。她以《淡水廳志》的書名作為關鍵字搜尋，很快就找到了數位版，也就是電子書。

然而，或許是《淡水廳志》有許多版本，網路上的電子書版本竟然根本沒有鄭香桂這個人。

在網路這片資訊海上觸了礁，何沐芸有點洩氣地往後倒在椅背上，思酌道：「怎麼會這樣？還可以去哪裡尋找相關資料呢？」

她再次坐直，查詢起《淡水廳志》的實體書，很快就查到國史館有這本，而且有好幾版。但館藏均不可外借，且其中幾個版本未出電子書，因此她決定親自跑一趟。

查到這裡，睡意開始襲來，她打了一下呵欠，便站起身伸懶腰，這時才察覺窗外的天空正微微亮起。

她瞥了一眼床頭的時鐘，竟然已經六點五分了。

她馬上回到床上補眠，拉上棉被、閉上雙眼時，還低聲細語：「希望不要再夢到牌坊和那些穿古裝的女人。」她的意識越來越渙散，聲音也越來越小，「妳們別來煩我，讓我好好睡一覺，睡醒才有力氣繼續查下去……」

第十二章　國史館

一個半小時後，冬日的陽光和煦地照亮大地，何家對面的蕭家內，蕭凱文正在飯廳一邊用餐，一邊與爸媽視訊通話。

他家與何家一樣寬敞，裝潢風格則採美式現代簡約風，帶點工業風元素。天花板裝設軌道燈，牆面的主要色調為沉穩的黑、白、灰色，木頭地板也是帶灰色調。家具造型簡單俐落，客廳唯一格格不入的便是純白色、古典風格的假壁爐。

壁爐不遠處，一道敞開的玻璃滑門內，蕭凱文穿著成套黑色睡衣，正在飯桌上吃著火腿蛋，並透過兩個立起來的平板，與分別位於美國和日本的爸媽聊家常。

蕭凱文一直沒將家裡的實際狀況告訴何沐芸一家，因此何家都以為他爸媽只是很常出差，並不知道他們早已離婚多年，有各自的生活。

他的爸媽事業都很成功，只不過兩人都不願意放棄工作、花時間照顧他，所以他國小的時候，就成了「有家的孤兒」，常常沒事就往隔壁何家跑。再加上，爸媽時常到世界各地出差，聚少離多之下，夫妻之間的感情也越來越淡。

從他小五開始，爸媽就已經感情失和。很多時候，他爸媽在家，卻都會找各種藉口趕他去隔壁何家吃飯，為的就是不讓他看到他們吵架的樣子。但他其實什麼都知道，只是不想讓爸媽感到尷尬，所以裝傻而已。

同時，由於何家人都對他很好，他在何家找到了歸屬感，也把自己視為是何家的一份子，因此刻意壓抑自己對何沐芸的情感。

他永遠不會忘記國小畢業典禮當天，他爸媽無法出席，反而是何父、何母送花給自己的時刻。

在此之前，他對何沐芸只是單純的喜歡。但是當他知道：是善良貼心的何沐芸擔心他在國外的爸媽趕不上飛機，來不及參加畢業典禮，所以事前請她父母多準備一束花給他的時候，他的心裡就再也容不下別人了。

他暗自希望自己可以永遠和何沐芸在一起，並且發誓長大以後要追何沐芸，和她結婚。

然而，到了國中的時候，這個想法又因他自身家庭的關係而改變了。他爸媽開始分房睡。

他感覺得到：爸媽只不過是為了他，勉強繼續維持婚姻與「家庭」的假象。

也是從那時起，他對愛情和婚姻產生了疑問和不信任。在他看來，愛情是會消逝的，婚姻也不是永久的。

而他渴望的是：何家人之間那種穩定長久的「家人」關係。所以，即便他國小就愛上何沐芸，卻始終不敢追求她。他幼稚地以為：永遠待在她身邊的辦法，就是當她的家人。

等到他高中的時候，爸媽就分居了。但是那時他早就已經習慣自己一個人在家或在何家吃飯了。

大學的時候，他爸媽正式簽字離婚，而這戶房子則直接贈與給他。

萬幸的是，爸媽始終都是愛他的。而且他們倆是好聚好散，所以現在三人的關係還是像家人，只不過很少見面。

除了過年團圓以外，平常他們聚餐的方式就是像現在這樣遠距視訊。

此刻，由於時差關係，螢幕上的蕭母吃的也是早餐，但蕭父吃的是晚餐。

蕭母邊吃著飯糰，邊對蕭凱文說：「我昨天看你的Facebook限時動態，又是貼酒吧的調酒。你都已經這個年紀了，生活作息要規律，早點睡、少喝酒——」

蕭凱文差點把剛喝的柳橙汁給吐出來，好不容易才把果汁重新嚥下去。

他與爸媽的相處模式就像同輩，因此他直言道：「我今年才三十三耶。講得我好像跟你們一樣老。」

蕭母並不生氣，又接著說：「三十就該開始養生了。等到你五十歲才來注意身體，已經來不及了。」

蕭父欲替兒子解圍，便轉移話題：「來說點正事。明年年初，我因為工作的關係，還是會暫時待在美國。而你媽也是繼續在日本駐點。我們兩個討論了一下，決定明年在台灣過年。我們會除夕前兩週提前回去。」

蕭凱文馬上會意：「啊，對，隔離檢疫要十四天。你們防疫旅館訂了嗎？」

蕭母說：「還沒。我不想住旅館住兩個禮拜。我看我們住一個禮拜旅館，然後就回家居家檢疫吧。」

「什麼！那我怎麼辦？」蕭凱文感到詫異，「你們要是選居家檢疫，我就得住外面了耶。」

蕭母說：「你自己想辦法啊。你都這麼大的人了，在外面找地方住幾天也不困難吧。平常家裡都你一個人住，連裝潢都讓你改成你喜歡的樣子，現在我們難得回國，讓我們住幾天會怎麼樣。」

蕭凱文又吃了一口火腿，說：「哪有裝潢都讓我改。我一直想把壁爐打掉，妳就不同意。」

蕭母突然瞪大眼睛：「你敢動我的壁爐，我跟你翻臉！一個家怎麼可以沒有壁爐。」

蕭凱文翻白眼心想：妳怎麼不乾脆在頂樓再加裝根煙囪？

蕭父也對蕭凱文說：「嗯，我也不想在旅館住那麼久。我們居家檢疫期間，就辛苦你住外面了。」蕭父頓了一下，「就先這樣吧。我有電話打來了。」說完就馬上掛斷電話，結束視訊。

蕭母則有些八卦地問：「最近怎麼樣啊？有沒有喜歡的女孩子啊？你年紀也不小了，不考慮定下來嗎？」

蕭凱文翻了一圈白眼，隨便找個藉口掛電話：「我今天有事，要早點出門。就這樣吧。拜拜——」說完便結束視訊通話。

他滑著平板螢幕，轉而開啟Facebook APP。

他拿起玻璃杯，將杯中剩下的柳橙汁一飲而盡。點了一下Facebook上的搜尋按鈕，跳出一排常搜尋帳號。第一個選項就是何沐芸。

每天看她的Facebook和Instagram，已經是他多年來秘而不宣的習慣。

他點進她的帳號，瀏覽起她的動態時報。全都是她前幾天生日的祝賀貼文。

他快速往下滑到底，眉頭一皺，又往上滑回去最新一則，奇道：「怎麼沒有楊建仁？那傢伙不是每年都會卡半夜12點整，祝芸芸生日快樂嗎？今年怎麼沒有？」

接著他又想到：芸芸生日那天獨自回家慶生，楊建仁後來也沒出現。

他手指敲了敲桌子，挑眉懷疑：「他們兩個該不會真的吵架、在冷戰吧？」

半小時後，他一身西裝筆挺出門上班時，一度經過電梯廳，走到何家門口，想上門關心一下何沐芸的近況。

他的手即將要按上何家電鈴時，忽然觸電般抽手。接著來回踱步了一會，才又再次伸出手。然而他的手懸在電鈴上一會，還是又縮了回去。

嘆了一口氣，蕭凱文最後還是放棄。轉身走到電梯廳，按下「向下鈕」。

電梯很快就來了。

電梯門開啟，蕭凱文先是望了何家一眼才走進電梯。

門關起，電梯向下時，何沐芸正好打開家門、走出來。兩人就這樣剛好錯過。

何沐芸轉身關門時，對爸媽揮手：「拜拜——」

接著，她也走到電梯廳，按下「向下鈕」。

她自然不知道蕭凱文正在其中一台電梯裡，也不會知道方才他在門前躊躇許久。

＊＊＊

國史館只有平日開館，且對外開放時間比故宮還短。

普通上班族除非請假，否則無法上班之前去，或下班之後去。幸好何沐芸就職的診所性質比較不同，上班時間較晚，而且國史館離她家和診所都不遠，因此她可以趁上班前先跑一趟。

她進到偌大的閱覽室，緩緩走過一排排書架，走到底部的套書區後，很快就在架上找到了一排廳志。

《淡水廳志》就在其中，而且有好幾個版本，有些版本還有好幾冊。

她快速掃過之後，隨機取下最厚的版本的第一冊。

最厚的版本可能會記載得比較詳盡。而根據她過去閱讀的經驗，這類書籍的第一冊都會寫明系列書籍的全部目錄。

她猜對了。第一冊開頭的目錄便有全系列目次和索引。在《淡水廳志・卷十》那冊中的列傳四，便是列女傳。

何沐芸將第一冊放回去，改抽出第十冊。她迫不及待地將它翻開來查閱，很快就在列女傳中找到「鄭香桂」，且其紀載篇幅不到一頁。

何沐芸精神為之一振，心想：太好了。我可以馬上看完。

她拿出手機拍下那頁後，又翻找起其他版本。但其他版本不是沒有記載到鄭香桂，就是只有一至三行簡述，遠不如她翻到的第一版著墨那般多。

因此她又翻回第一版的第十冊，就地站在走道上開始瀏覽。

網路上的資料與書中紀載的內容高度相符。此外，書上也提及：鄭香桂生於大龍峒商賈之家，家境寬裕。除了父母外，家中尚有一兄鄭康泰，與胞姊鄭香蘭。

看到這裡，何沐芸神情有些激動，忍不住小聲道：「果然！鄭香桂有雙胞胎姊姊！難道夢中的女人是鄭香蘭？」

她又繼續往下閱讀。

鄭香桂十七歲嫁給洪仰全後，便陸續誕下一兒一女。女兒滿周歲時，鄭香桂忽患眼疾，從此足不出戶。而後，她眼疾雖痊癒，卻又逢夫染疾、病歿。

之後的紀載就與網路資料重疊，皆是表揚她：從一而終、孝順公婆、辛勤持家、拉拔孩子長大成人……云云。

而關於胞姊鄭香蘭，廳志除了提及其名外，再無紀載。

何沐芸將書放回架上後，又用手機搜尋「鄭香蘭」。但都查不到她的資料，自然也無法得知她的生平。

縱使這些紀錄仍與何沐芸的夢境矛盾，也縱使她心中仍有許多疑惑，事到如今，她暫時想不到還能再怎麼查下去了。

重點是：不論是鄭香桂還是鄭香蘭，她都不認識。她也沒想起任何自身的往事。如果她夢到的真是這兩位清朝古人，她實在想不通她們怎麼會入自己的夢裡，甚至嚴重影響到自己的生活、危及自己的性命。

她有些垂頭喪氣地走出閱覽室。到外頭找了個角落，將自己的新發現用ＬＩＮＥ語音留言給陳熙照。希望他能再給自己一點建議，隨後便離開國史館。

往診所的路上，何沐芸一搭上捷運，便接到警察局打來的電話。原來是警察已經抓到跟蹤她、攻擊她的那個跟蹤狂了。

何沐芸得知後，如釋重負，連連向警察道謝。原本她還在煩惱：自己早上出門忘記喬裝打扮，怕待會到診所附近，又會被昨天那個跟蹤狂認出來。現在她終於可以安心了。這是近期她遇到的唯一一件好事了。

＊＊＊

講完電話後，何沐芸聽到旁邊一對情侶正在討論聖誕節該去哪間餐廳吃大餐。她隨即想到了楊建仁。

也是在這個時候，她才意識到自己已經有一個禮拜沒與建仁聯繫了。一方面，她這週不是在忙工作，就是在忙搜尋夢境相關的人事物，無暇顧及感情事，也沒再傳訊息給建仁。

另一方面，建仁很有效率地利用她上班時間回租屋處，把他的物品都帶走。或許就他的角度而言，他們之間再無關聯，也沒有再聯繫的必要，因此沒再傳訊息給她。又或許他早就將她封鎖，只是她看不出來而已。

她下車後，緩緩走在路上，仰頭看著晴空，感慨道：「原來失戀就是這樣。也沒有想像中的痛不欲生嘛。」

她隨即又想：不過，也許只是因為我現在面臨的困難與危機，讓被甩的我沒空自怨自艾而已……

想到這，她不禁垂下視線，輕輕在口罩裡嘆了一口氣。

這時手機忽然響起，她從外套口袋裡拿出來一看，是蕭凱文打來的。

她好奇道：「這麼早打給我，有什麼事嗎？」遂接起電話，「喂，阿凱？」

他直接問她：「這麼早出門去哪啊？」

「你怎麼知道？」她左右張望，還以為他在路上見到自己。

「別看了，妳找不到的啦。」

「你在哪啊？」

「在公司啊。」

「騙人。你要是在公司，怎麼能知道我在做什麼？」

「拜託，我都認識妳多久了。」

「說的也是。」她頓了一下又問，「有什麼事嗎？」

「還不是妳媽嘛，她早上打給我，跟我說：妳和楊建仁分手了，叫我有空關心妳一下。畢竟妳也沒什麼朋友嘛。」他糗了她一下又說：「所以囉，中山區金城武aka信義區夜店王子，我這不是來了嗎？」

蕭凱文說得好像是「應何母的要求」，才打這通電話。其實他很感謝何母早上打給他並告訴他這件事，讓他能「名正言順」地打電話關心她。

何沐芸一聽，當即閉眼仰了一下頭，心裡煩道：唉唷媽媽在做什麼啊？幹嘛跟阿凱講這個？很丟臉耶。

她睜開眼，一臉無奈地說：「謝謝你的慰問喔。雖然完全感受不到安慰的意思。」

蕭凱文光是聽到她有氣無力的聲音，就可以想像出她此時的死魚眼表情。那模樣實在太可愛了。

蕭凱文忍不住偷笑了一下，繼續說：「妳還沒回答我，早上那麼早出門幹嘛？診所又沒那麼早開。」

何沐芸沒好氣地回：「去國史館啦。」

「啊？那麼早去那裡幹嘛？跟妳的工作有關嗎？」

何沐芸長嘆一口氣，說：「說來話長。最近發生太多事了，我都不知道該從哪裡說起。」

電話另一頭的蕭凱文想起何沐芸前幾天晚上慶生時的異狀，忍不住眉頭深鎖，越來越擔心。便與她約好一起吃晚餐，屆時再來細談。

他一開始有些強硬道：「晚上請妳吃好料。到時候，妳一定要老老實實，把事情原原本本的告訴我，聽到沒？」接著，他口氣忽轉溫柔，「有我在，不用怕。天塌下來，我幫妳頂著，知道嗎？」

何沐芸抬頭看了一眼蔚藍的天空，理組思維開始運作：天空哪會塌下來啊。別說是天空了，就算是招牌掉下來，你也頂不住。

儘管她不認為蕭凱文可以幫到自己，但還是感激道：「嗯，謝謝你。」

第十三章　鄭家祖厝

晚上蕭凱文找了一間頗有名氣的老字號西餐廳，請何沐芸吃飯。

外地來的遊客可能會以為這間餐廳走的是復古懷舊風。其實從它的柚木牆壁、絨地毯、黑皮革沙發，乃至燈具、油畫、燭台等擺設，都是真的歷經數十年歲月的洗禮。不少在地人都特別喜歡這種低調經營、餐點美味又具歷史厚重感的老餐廳。

即便是平日晚餐時段，餐廳也是座無虛席，且席間不乏名流雅士。

此時蕭凱文和何沐芸已用完主餐，待服務生上完甜點退開時，何沐芸已將近況全告訴蕭凱文。

也許是因為她事前已經和陳熙照哭訴過了，所以述說的過程比她自己預期得還要淡定平靜。

相較之下，蕭凱文就有點坐不住了。他時而詫異，時而憤怒，中間有好幾次都差點罵出髒話。

楊建仁就算了，對於那個跟蹤狂，蕭凱文恨不得親手痛扁他一頓。

何沐芸說得口渴。她先喝了一口熱牛奶，才開始吃面前的法式甜點。她挖了一小口舒芙蕾與上面的香草冰淇淋，再送入口中。頓時雙眼發光：「嗯，好吃。」她眉眼帶笑地對蕭凱文說：「這間店不只牛排好吃，連甜點也好好吃。」

蕭凱文心想：廢話。依妳的喜好訂的啊。

他知道何沐芸不只是無肉不歡、喜歡吃甜點，還是個對飲食有講究的人，所以他才託人幫忙訂這間餐廳。而且他怕她不夠吃，所以點餐時故意點了跟她一樣的甜點。

但他只是雲淡風輕地回何沐芸道：「那當然。我的品味可不是開玩笑的。」他把自己的甜點推給她，「幫我解決吧。」

何沐芸不客氣地接過甜點盤，又說：「我租的房子就在餐廳附近。以前就注意過這家，只是因為現場排隊要等很久，預約又常常預約不到，所以一直沒有機會吃。你是怎麼訂到的啊？」

蕭凱文聳聳肩，瀟灑裝傻：「中午打電話訂的時候就訂到了。可能晚上時段剛好有人退訂吧。」

何沐芸信以為真，點點頭說：「那我們真幸運。」說完又繼續低頭吃甜點。

蕭凱文仔細端詳何沐芸。距離上次幫她慶生不過才幾天，她的臉，確切來說是「左臉」，真的變化太大了。

他成長環境與何沐芸相似，以前也是鐵齒的人，出社會跑業務後，才漸漸相信這個世界有許多科學無法解釋的事。而為了業績，他平常也會和其他業務一起去正廟拜拜添香，祈求增廣財運。

他只要一想到何沐芸這段時間心裡有多害怕恐慌，就感到心疼不已。他皺了一下眉，對何沐芸說：「是不是應該找位師父幫妳化解一下。」

還是相對鐵齒的何沐芸輕揮一下甜點匙，「別鬧了。阿凱，你從小就鬼點子特別多，有沒有其他建議啊？」

蕭凱文說：「目前聽起來，妳現在之所以碰壁，就是因為忽略了『人脈』啊。不過這也不能怪妳，妳從小就不懂這個。」

他說的是「人際關係」，而這恰恰是何沐芸的死穴。

蕭凱文深知：她從小到大社交能力都很差，不太會結交朋友，對於人情往來和人際關係更是遲鈍的可以。因此他進一步解釋道：「從鄭香桂的娘家開始查。妳剛才說：鄭香桂是大龍峒人，本身家裡是做生意的，很有錢。對吧？」

「對。」

「她是在嘉慶年間出生，那似乎是清朝中期？芸芸，妳知道她的出生年嗎？距離今年大概有幾年了？」

學霸如她，不加思索地回道：「兩百二十年左右。」

他提出他的推測：「兩百二十年距離現在也不久啊，頂多就是……六到八代吧。妳想啊，鄭氏既然是富商，有沒有可能是地方望族呢？

台灣在地的望族非常多，而且很團結。很多望族的生意都是從清朝或日治時期延續到今天。鄭香桂有個哥哥，只要他有後代，而且——」

他說到這，何沐芸就懂了。於是她接著說：「而且如果他的後代又有持續繁衍子孫到現在，那麼說不定大龍峒會有這支鄭氏望族的『宗祠』或『宗親會』！」

蕭凱文一打響指說：「沒錯。再說一次她哥哥的名字。」

「鄭康泰。健康的康，國泰民安的泰。」

他邊用手機查詢，邊將自己的想法告訴何沐芸：「如果我沒記錯的話，清朝末期之前，台灣都不受清廷重視，立牌坊表揚是非常難能可貴的事。當時的鄭家說不定和洪家一樣，都會認為這是件光宗耀祖的好事。所以，雖然鄭香桂已經出嫁，但鄭家還是有可能將這件事特別記錄在家譜或族譜上。再加上，能夠保存到現在的貞節牌坊又屈指可數，都是市定古蹟。鄭家的後人更有可能會大肆宣傳一番。」

說到這，他將手機螢幕轉一百八十度，給何沐芸看，「妳看，只要關鍵字正確，很快就查到了。」

何沐芸接過來查看，沒想到「大龍峒鄭家宗親會」不只有官網，還有Facebook粉專。而且兩個網頁上都有「世界各會幹部名錄」！

其宗親會組織結構的龐大和系統化，實在令何沐芸嘆為觀止。

她心想：沒想到這麼容易、這麼快就查到了。我怎麼就想不到這些關鍵字呢？要是我像阿凱一樣機靈就好了。他總是能想到各種方法，不費吹灰之力就解決問題。

想到這，她不禁有點喪氣地垂下視線，將他的手機還給他，改用自己的手機查。

鄭家宗親會官網上的族譜是公開的。何沐芸在各地族譜列表中，點進「台北大龍峒」，再點最新的十代。

網頁上的族譜圖果真有「鄭康泰」、「鄭香桂」和「鄭香蘭」三兄妹的名字。而且鄭康泰往下的八代子孫都有清楚記載姓名和生卒年；倒數的三代都還在世。

何沐芸將族譜圖截圖下來。有了後人姓名，後續她若是想去宗親會訪察，也會比較方便。

不過看到這裡，她也發現了族譜上的異狀：鄭香蘭為什麼也在族譜上呢？傳統來說，女兒嫁人就不會記錄在族譜上了。鄭香桂之所以是特例，或許如蕭凱文所說，是因為她死後獲牌坊表揚，所以才會如「入贅」般，特別在族譜上記錄她和丈夫洪仰全的名字。

何沐芸心中奇道：但是鄭香蘭為什麼也在族譜上？她旁邊並沒有丈夫名稱啊。難道她沒有嫁人？為什麼？

她思索的同時，蕭凱文也正在查看鄭家官網資訊。他對她說：「宗親會總會距離我們最近，在鄭家祖厝，也就是現在的『大龍峒鄭家宗祠』。從地址來看，應該在保安宮附近。妳什麼時候有空，我陪妳去查。」

她馬上抬起頭，連忙揮手婉拒道：「不用麻煩了啦。我自己去就好。」

他背往後傾靠在椅背上，抱胸說：「好啊。妳告訴我，妳去了以後要怎麼查？」

何沐芸愣了一下，眼神開始飄忽，不太確定地表示：「這個……就是……把最近發生在我身上的事告訴他們。然後跟他們說：我想多了解鄭香桂和鄭香蘭這對雙胞胎，請他們提供……」她越說頭越低，聲音也越來越小，「提供資料……給我？」

蕭凱文緩緩搖了搖頭，再問她一次：「妳什麼時候要去？」

何沐芸也知道自己有點生活白癡，沒辦法獨自解決這個問題，所以只好回道：「那就明天吧。我明天休假。」

「行。明天記得穿得低調一點。」他又問：「妳等一下要回哪裡？我載妳。」

「就是回我家吧。」

雖然那個攻擊自己的跟蹤狂已經被抓到了。但她心裡還是有點毛毛的，暫時不敢自己一個人住外面。

接著她腦中突然浮現陳熙照給她的護身符，便心想：等一下回去，也順便把它帶在身上好了。

於是她又補充說：「不過回家之前，我要先去租的房子那裡拿點東西。就在附近而已。」

此時蕭凱文並沒有認真聽她說話，而是邊喝冰檸檬紅茶，邊陷在自己的思緒裡：現在沒了楊建仁，我是不是應該主動追芸芸？但萬一嚇到她怎麼辦？到時候連朋友都沒得做……

何沐芸看蕭凱文雙眼無神，似乎在發呆，於是出聲喚道：「阿凱？」

他這才回神，「嗯？幹嘛？妳剛才說什麼？」
「我說，我要回我家，但要先回租屋處拿東西。」
「喔好。我載妳。」
隔天早上，何沐芸和蕭凱文並肩走在大龍峒保安宮附近的街道上。兩人都刻意穿著看不出牌子的厚實冬衣。
何沐芸裹著米色圍巾、身穿奶茶色針織外套和灰色及踝長裙，整個人溫柔可人、氣質出眾，看起來像藝文工作者。
蕭凱文平時出門都戴隱形眼鏡，今天則刻意換戴粗框眼鏡，穿著格子法蘭絨襯衫、灰色連帽羽絨外套和卡其褲，像是個工程師。
何沐芸邊走邊偷看一眼蕭凱文，忍不住轉頭偷笑了一下，心想：為了幫我，阿凱今天真的「豁出去」了。
她知道他從小就愛美，國中以後根本不會戴眼鏡出門，更別說是嫌俗氣的格子襯衫和羽絨外套了。
這時蕭凱文忽然開口，打斷了她的思緒。他指著前方：「快到了。巷口右轉就是宗祠的入口。」

若不是蕭凱文知道他們正沿著鄭家宗祠的外圍往入口前進，在經過宗祠高高的紅磚牆時，恐怕會以為這是一座廟的外牆。

大龍峒鄭家宗祠，也就是鄭家祖厝，隱身在老公寓群中。它是台灣傳統的小型四合院；構造簡單，如麻將堆成的牌牆，由正房、左護龍、右護龍和門廳組合成的口字型建築。

周遭的老公寓群看起來皆老舊斑駁，但在寸土寸金的台北市，每棟都是價值多達數億的資產，更何況是坐落在保安宮觀光區一帶的鄭家祖厝。

因此蕭凱文心中估算道：雖然它占地規模比不上林安泰古厝，但土地價值肯定也是不斐。

想著想著，兩人便已走到鄭家宗祠的門廳外。

門廳樣式新舊交融；大抵是台灣常見的傳統閩南式紅磚紅瓦和硬山式屋頂。但牆壁下方整排改為灰白色的水泥牆。中央的大門不是老式的齊框對開紅門，而是一道現代化、高約一米五的白鐵柵欄，而左、右兩邊的窗櫺則保有原來的繁複窗花。

何沐芸看著門口顯眼的綠色門牌，心想：沒想到我會為了追查夢境，跑到別人家宗祠。

她也覺得自己的行徑很誇張，但眼下又實在沒有別的線索可查。

接著她又想：待會該怎麼開口呢？跟對方說，我們是「古蹟愛好者」？對方會相信嗎？

宗祠大門深鎖，並無對外開放。她隔著鐵柵欄朝內張望時，蕭凱文已經按下旁邊的電鈴了。他從她撥頭髮、搓手的小動作看出她的苦惱和忐忑，便安撫道：「怕什麼？有我在。」

這話可不是吹牛。身為頂尖業務的他，探聽情報、攀關係都是他的內行。

沒多久，便有個頭髮有點花白的老人從正廳走出來，而且一邊走一邊戴上口罩。他快步穿過曬穀場，步伐又快又穩，背又挺得很直，整個人看起來精神矍鑠。

他邊走邊中氣十足地喊道：「是誰啊？你們是房仲嗎？這房子我們不賣喔。」

蕭凱文對他揮手，也以台語回道：「阿伯，你好。我們不是房仲啦。」

不太懂台語的何沐芸心中慶幸：好險阿凱有一起來。不然我沒辦法和對方溝通，今天就白來了。

老人來到大門口，有些防備地打量了一眼何沐芸和蕭凱文，隔著鐵柵欄問他們：

「你們是誰？有什麼事嗎？」

何沐芸原本想以「古蹟愛好者」的名義上門拜訪，沒想到蕭凱文竟掏出一張名片，將它穿過鐵柵欄縫隙，遞給老人，對他說：「阿伯你好，我們是『大同區文史工作室』。最近在考察大龍峒的歷史，發現台北市的重要古蹟『鄭氏節孝坊』表揚的鄭香桂就是你們鄭家的先人。所以我們才來宗祠拜訪，希望可以將鄭香桂的生平補充得更詳盡一點。」

何沐芸心中震驚：天啊，阿凱竟然還自製名片！這算不算「偽造文書」？我們會不會被抓去關？

蕭凱文相貌堂堂，又說得一氣呵成、理所當然，阿伯信以為真，神情馬上放鬆下來，便點了點頭，以柔和許多的口氣回道：「喔——原來是這樣喔。」說完便按下一旁的鐵柵欄開關，對兩人招手，改為台灣國語，「我還以為又是房仲還是建商咧。進來坐、進來坐。」

蕭凱文點頭道謝，輕推了何沐芸一下、對她眨了眨眼，她才從震驚中反應過來，跟在他後面進入四合院。

蕭凱文快步跟上老人，親切地與他攀談。等到他們跨過門檻、進到正廳時，蕭凱文已經探聽到：老人名叫鄭榮順，年齡七十左右，是鄭康泰的第六代後人。幾年前退休無事，便幫忙打理宗祠和宗親會事宜。

鄭榮順招待蕭凱文和何沐芸到正廳坐，並對他們說：「你們先在這邊坐一下。」說完他雙手交握，想了一下又對蕭凱文說，「你剛才說的鄭香桂和牌坊的事厚，我是知道啦，但那是好幾代以前的事了捏，我也沒有很清楚……這樣吧，我先拿些資料給你們看，然後去泡壺茶過來。你們看了有想問的，再問我。」

蕭凱文對鄭榮順禮貌點頭：「好，謝謝你。麻煩囉。」

何沐芸也跟著對鄭榮順點頭道謝。

鄭榮順忽然指著他們問道：「你們是男、女朋友，一起在工作室工作是不是？」

之所以這麼問，是因為他注意到他們穿同一款樣式的鞋子，以為他們是穿情侶鞋。但又看他們沒有戴戒指，所以猜測他們不是夫妻，而是男、女朋友。

「啊？」何沐芸茫然道。她不懂為什麼鄭榮順會突然這麼問。

蕭凱文早上出門一見到何沐芸，就發現他們碰巧穿的是同一牌、同一款的白色休閒鞋。因此他馬上就意會過來，回鄭榮順道：「沒有啦。我們就是同事啦。剛好穿一樣的鞋而已。」

聽蕭凱文這麼說，何沐芸才注意到兩人剛好穿的是同款的鞋子。

「喔，這樣子喔。好啦，你們先坐一下。」鄭榮順笑笑離開。

何沐芸環顧四周，廳堂與她想像的中式祠堂截然不同，裝潢十分現代化；天花板與牆面都刷上白漆，北面矮櫃上擺著典雅的裝飾花瓶，中央有一張深色茶几，東、西面各有一張三人座米色皮革沙發椅，乍看就像是大公司的接待大廳一樣。

若不是保留原有的窗花和雕花石磚，以及北面、東面與西面牆上掛著裱框的黑白老照片和油畫，廳堂幾乎看不出歲月的痕跡。

蕭凱文東張西望了一會，趁何沐芸不注意時，偷看一眼她的鞋子。他因兩人的默契而暗爽在心，忍不住用手摀住上揚的嘴角，佯裝在低頭沉思。

鄭榮順很快就拿著一疊資料過來。他囑咐他們小心翻閱後，便轉身去廚房泡茶。何沐芸向他道謝，迫不及待地將之一一快速瀏覽。

第十四章　雙胞胎

有一本是大龍峒近十代的紙本族譜，紀載與宗親會官網上的差不多，只不過更詳盡。

其他幾本則全是鄭家珍藏的老相本，主要記錄鄭康泰一代與其往後的子孫兩代。這些相本很有意思，隨著相機技術的演進，老相片從黑白照片慢慢過渡到彩色相片，還有些是翻拍肖像畫。

鄭康泰一代與其兒女出生時，相機尚未引入台灣，所以是以肖像畫來記錄家族成員。一直到咸豐年間，鄭康泰的長孫誕生時，鄭家才有第一張黑白照全家福。或許是因為肖像畫不易保存，後來才又用相機翻拍出黑白或彩色照片，因此時間點應該最早的肖像畫，反而不是放在相本最前面。

幸好相片下方皆有手寫標註家族成員姓名和拍攝時的年號，因此何沐芸可以對照族譜紙本，排出相片順序並推算出家族成員拍照時的大概年齡。

何沐芸翻閱照片到一半，手忽然停頓了一下，又翻回上一頁。鄭香桂和鄭香蘭的肖像畫就在其中。

「找到了。」何沐芸輕聲道。

這張是黑白翻拍照，而且顆粒感很重。依照片下方的標註來看，這張是在咸豐年間翻拍，但肖像畫是在嘉慶年間，由教會傳教士畫家繪成。

「畫這幅畫的時候，她們最多十六、十七歲，而且都是梳辮子，沒有盤髻。」何沐芸猜測，「應該是鄭香桂出嫁之前拍的。」

蕭凱文聞言，便用手機先將這張照片拍下，接著再拍一張雙胞胎的臉部特寫。

何沐芸又說：「可惜翻拍得太糊了，看不出哪個是鄭香桂，哪個是鄭香蘭。但是左邊的應該是鄭香桂。因為相片下面的人名標註都是從左到右。」

蕭凱文細看一眼，觀察力驚人的他立即指著牆上的其中一幅畫說：「這不就是那幅畫嗎？」

何沐芸抬頭一看，果真如此。而且牆上的油畫還是彩色的。

兩人立即站起身、走到畫前查看。

畫中的鄭氏姊妹端坐在涼亭石椅上，面無表情地看著畫師。

蕭凱文又舉起手機，對著這幅油畫再拍一張。

何沐芸一眼就認出：畫中左邊的女孩就是夢中掐她脖子的女人！不是因為女孩的臉或髮型，而是因為她的衣服樣式和夢境裡的一模一樣。

她嚇得倒抽一口氣，直覺告訴她：左邊的女孩就是鄭香桂，右邊的則是鄭香蘭。

她指著左邊的女孩對蕭凱文說：「是她！夢裡掐我的就是她。她就是鄭香桂。」

油畫雖已裱框，但狀況不太理想，已經泛黃破損，幸好雙胞胎的臉部仍十分完好。而且由於肖像畫畫家的風格是寫實派，將這對雙胞胎描繪得很傳神，整體神韻和臉部特徵都有捕捉到，因此何沐芸和蕭凱文仍能辨識出雙胞胎的五官。

蕭凱文注意到：畫中的兩個女孩雖然是雙胞胎，但五官和體態還是略有不同。大體而言，左邊比較圓潤，右邊則比較纖細。

他奇道：「芸芸，右邊那個女的跟妳長得好像喔。」

何沐芸細看之後也覺得像。

她忽然意識到什麼，用手機自拍一張照片，並下載「可模擬左、右臉對稱」的APP，用自拍照來生成兩張照片。

儘管她什麼都沒有解釋，但蕭凱文已經從她的舉動猜出她在做什麼了，因此也與她一起屏息以待。

兩張照片一生成，何沐芸和蕭凱文都感到震驚不已。模擬她左臉對稱的照片與鄭香桂長得一樣，而模擬她右臉對稱的則是與鄭香蘭一樣。

蕭凱文的視線在何沐芸和油畫之間游移，驚呼：「太像了！怎麼會這麼像？不可能是巧合吧。」

何沐芸感到恐懼和迷惘。如果不是她親眼所見，她絕對不會相信有這種事：她的左臉竟然漸漸變成鄭香桂的樣子！

她喃喃道：「根本不是學長說的『過去的創傷』……阿凱，我開始相信『靈魂』和『前世今生』了。」她眨了眨眼，指著畫中的鄭香蘭，「我是她的轉世吧……」

蕭凱文的想法與她相同，神色馬上轉為著急：「如果妳真的是鄭香蘭轉世，那鄭香桂又是怎麼回事？她跑到妳左臉上，又跑到妳夢裡掐妳！她到底想幹嘛啊？」

何沐芸眼神驚恐地撫著左臉，聲音顫抖道：「不知道。我也不知道。我總覺得她想殺我，又想和我『合而為一』……她陰魂不散，我甩也甩不掉她……好可怕……」

說到這，她匆忙轉身去翻茶几上的相本，想再尋找更多線索。但之後，只找到一張鄭香桂身穿一身嫁衣、準備出嫁的肖像畫翻拍照，而鄭香蘭則再也沒有其他照片。

這時鄭榮順端著茶盤過來，何沐芸連忙拿著相本上前，問他：「請問為什麼鄭香桂出嫁以後，就再也沒有她的畫？」

鄭榮順放下茶盤，以手勢招呼他們，「坐下再說。」

三人都坐下後，鄭榮順一邊幫兩人添熱茶，一邊回道：「唉……說到這個厚……我聽我阿公說，鄭香桂嫁到洪家以後，就和我們家斷絕往來了啦。」

蕭凱文訝異道：「為什麼？你們鄭家是她的娘家耶。」

鄭榮順聳聳肩，以台語回道：「哇啊災。」

何沐芸繼續追問：「那她的雙胞胎姊姊或妹妹——鄭香蘭呢？我看族譜，她應該是沒有嫁人啊，怎麼後來都沒有她的畫？」

鄭榮順先是奇道：「小姐，妳很厲害捏，看得有夠細。妳怎麼知道照片上的女生哪一個是鄭香桂，哪一個是鄭香蘭？」接著才回答她，「鄭香蘭是姊姊啦。」

接著鄭榮順壓低音量：「其實這件事厚，我們家裡在聊的時候，也覺得怪怪的。按那個時候的習俗來說，應該是姊姊先嫁人，接著才是妹妹。我們也不知道鄭香蘭為什麼沒有先嫁。但反正厚，我聽說她後來毀容了，可能也找不到門當戶對的對象，又不願意隨便下嫁吧，所以後來就沒有嫁人。」

「啊！」何沐芸驚呼一聲。習慣追根究柢的她追問：「毀容？為什麼？」

「哇啊災。」鄭榮順又說：「但是這些事厚，我也是聽我阿公和長輩說的啦。啊我阿公也是聽他阿公那輩講的啊，所以也不知道是不是真的。」

線索查到這裡又斷了。

何沐芸有種不祥的預感，眉頭深鎖地想：完了。晚上睡覺的時候，該不會又要做惡夢或是被左手攻擊了吧？

鄭榮順神情忽然轉為嚴肅，警告他們：「我跟你們說的這些，聽聽就好，不要給我寫上去捏。」

何沐芸陷在自己的思緒裡，沒有聽到鄭榮順的話。

蕭凱文忙代她回道：「好好好，我們不會寫。阿伯你放心。」

由於他們是以地方文史工作室的身分前來拜訪，還是要將戲做全，所以蕭凱文又問鄭榮順：「請問鄭家會不會有鄭香桂的傳記呢？」

「是有小傳啦。但是那些都已經放在網路上了捏。」

「網路上的資料都是記載她婚後的事，我們想多了解她在大龍峒的時期，也就是婚前的事。」

鄭榮順皺眉嘆道：「啊，這個就沒有了捏。」

「沒關係、沒關係。謝謝你拿這麼珍貴的族譜和老照片給我們看。」

＊＊＊

何沐芸搭蕭凱文的車返家的路上，一路無語。

她坐在副駕駛座上，看著窗外的街景沉思：鄭香桂和鄭香蘭之間應該有過節，所以鄭香桂想要報復鄭香蘭。但是是什麼過節呢？

她開始回憶之前做過的夢。

第一場夢：她以第一人稱的視角與紅衣女發生爭執、打鬥，接著被紅衣女關進書房裡的密室。她毒發之後，紅衣女才說她被下毒了。與此同時，她又被人從後方掐死。

第二場夢：她被綠衣女，也就是婚後的鄭香桂給掐住脖子。

第三場夢：她先是聽到兩個小女孩的聲音，接著一座牌坊在霧中顯現。牌坊上的一對魚與兩個小女孩都是在暗示自己：與雙胞胎姊妹有關。

第四場夢：婚後的鄭香桂想告訴她什麼，卻苦於無法開口。

這些夢中的情節和線索就像是一片片拼圖，何沐芸試著將它們拼湊、彙整起來。
她思索道：假設在第一場夢中，我是以鄭香桂的視角，與紅衣女打鬥，最後被關進密室、被掐死。那麼第四場夢中，鄭香桂是想告訴我：在密室裡掐死她的是鄭香蘭？
如果真是這樣的話，那我現在該怎麼辦？讓鄭香桂報復，一命還一命嗎？天啊。
這時何沐芸感到自己的左肩正被輕晃，回過神來才發現：車子已經到她家大樓的地下停車場了。
「到了。」蕭凱文邊熄火邊說。
「喔。」何沐芸解開安全帶，推門下車。
兩人搭電梯上樓時，蕭凱文問她：「剛才在想什麼？」
他一路上擔憂地看了她好幾次，但她都沒發現。
何沐芸一度想將自己剛才的想法全都告訴蕭凱文，但又心想：還是先不要告訴阿凱好了，免得他拖著我去給騙錢的道士或廟公看。
雖然她現在已經相信前世今生，但「向宮廟求助」又是另外一回事。在她看來，很多宮廟工作者都是神棍，假借宗教的名義進行詐財、斂財。她一點也不相信他們。
因此她抿嘴搖了搖頭：「沒什麼。」

即便口罩遮住了何沐芸大半張臉，蕭凱文還是一看就知道她說謊。但他又不能逼問她。於是他只能保持沉默，直到電梯再次開啟。

他們走出電梯後，何沐芸在右轉之前，對蕭凱文說：「今天謝謝你。如果沒有你陪我，我大概連鄭家大門都進不去。」

「這倒是真的。」蕭凱文笑了一下又說，「有什麼事隨時打給我，知道嗎？」

她回以一笑，點頭後揮揮手，便轉身往家門口走。

蕭凱文看著她的背影心想：我還能為她做什麼？去幫她求個平安符？欸，這主意不錯。

於是行動派的他目送何沐芸進門後，隨即又按下電梯鈕，決定跑一趟大廟。

＊＊＊

當何沐芸再次醒來時，已經是隔天早上了。

躺在床上的她感受到清晨的微光，眨了眨眼後，才緩緩坐起身。

「沒想到昨晚睡得這麼好，一覺到天亮。」

她回頭看了一眼床頭櫃上的時鐘，已經七點零五分。同時她也看到了時鐘旁的護身符。

前天晚上，她和蕭凱文共進晚餐後，蕭凱文先陪她一同回租屋處拿東西。當時她在衣帽間拿了幾件衣服後，便到臥房裡拿床邊桌上的護身符。之後回家過夜，她連兩個晚上都特別在睡前把護身符放在床頭，也連兩晚都一夜好眠。

現在她仔細回想起來，只要護身符不在床邊，她就會做惡夢。

「這就是所謂的『心理暗示』？」

經歷了鄭家宗祠的事後，何沐芸的思維被打開了。她有了另一個想法。

「還是說，這個護身符真的有用？」

想到這，她拿起手機，將昨天在鄭家宗祠的發現傳ＬＩＮＥ訊息給陳熙照。除了詢問他是否需要再回診討論以外，也詢問他護身符的來源。

傳完訊息後，她便進廁所盥洗。

她一邊刷牙，一邊點ＬＩＮＥ聊天室列表，查看有哪些未讀訊息。

最上面一則是蕭凱文傳來的：「芸芸，妳要出門的時候打給我。我有東西要拿給妳。」

她才剛回覆蕭凱文一個「ＯＫ」的貼圖後，陳熙照便傳來了訊息。

她點開一看，他詢問道：「今天晚上有空嗎？下班後來我家，我們一邊吃晚餐一邊討論？」

何沐芸沒想太多，便又回覆「ＯＫ」的貼圖。

＊＊＊

兩個小時後。

何沐芸在電梯廳等電梯上來時，才想到要打電話給蕭凱文。

他一接到電話，便聽到電梯到樓層的提示音，馬上匆匆忙忙地打開家門、往外面衝。

何沐芸看蕭凱文突然衝出來，嚇得下意識後退一步。

「妳搞什麼啊？不是叫妳快要出門的時候，打給我嗎？」身穿西裝的他一邊抱怨一邊穿著室內拖鞋走向她。

「不好意思啦，我忘記了，現在才想起來。」

「給妳啦。」

何沐芸接過蕭凱文遞來的東西一看，是一枚由黃色符紙摺成的六角形護身符。樣式與陳熙照給她的很相似。

「嗯？我已經有一個了。」她邊說邊從肩背包裡拿出護身符給他看。

蕭凱文訝異道：「妳怎麼會有？」

「學長給我的啊。我是說『陳熙照』。」她頓了一下，「我把昨天的事告訴他了。他跟我約晚上去他家討論。」

蕭凱文忽然提高音量：「去他家？」

何沐芸一愣，瞪大眼睛：「對啊，怎麼了嗎？」

他臉色一沉，道：「我也要去。」

「啊？」接著何沐芸意會過來，便解釋道，「你想太多了。學長是正人君子，不會對我怎樣的啦。」

蕭凱文忽略她的話，仍堅持道：「妳跟他說：我也要去。他不答應也沒關係，反正我還是會去。」

「這樣不太好吧——」

何沐芸才說到一半，蕭凱文就打斷她的話，一臉嚴肅地說：「我、也、要、去！」說完就直接轉身走回家裡、將門甩上，沒有要聽她說話的意思。

她先是搖了搖頭，道：「王子病。」接著又想：不過看在你這麼擔心我的安危的分上，就原諒你吧。

她邊想邊露出微笑。

第十五章　招魂

陳熙照一開始婉拒何沐芸帶蕭凱文去他家，理由是：如果讓蕭凱文參與討論，那麼他有可能會因此知道何沐芸的私事，尤其是她與楊建仁之間的感情糾葛。

但何沐芸將蕭凱文視為家人，且十分信任他，所以並不介意。再加上他三番兩次幫助自己，這時才感到見外也太奇怪。

在她向陳熙照再三表明自己希望讓蕭凱文參與此事後，陳熙照才同意兩人一同去他家。

陳熙照的家位於士林區，是一棟附設庭院和車位的獨棟英式別墅。儘管外觀看來有些歲月痕跡，但這類型的私人住宅在台北市實屬少見珍貴。

因此當蕭凱文與何沐芸來到陳熙照家門口時，蕭凱文先是揚了揚眉，訝異道：「看不出來他家財力這麼雄厚。」接著才按下門鈴。

陳熙照前來應門後，便帶兩人沿著小庭院與車位中間的步道，進到室內。

玄關設計現代化，採英式高雅的灰調。可奇怪的是，從玄關朝內看，並不是客廳，而是一條有斜角的狹窄走廊。

何沐芸的理組思維再次運轉，心想：奇怪了，從外面看，這棟別墅占地這麼大，內部空間應該很充裕，為什麼走廊這麼窄，而且還是斜的？

她與蕭凱文互看一眼，見他挑眉，便知道他心中和自己有一樣的疑惑。

兩人隨後跟著陳熙照走，又發現走廊不僅很窄、還沒有窗，且四通八達、左彎右拐，一路上兩邊都是滿滿的門，讓人有股壓迫感的同時也摸不著頭緒。

何沐芸忍不住奇道：「學長，你家的格局怎麼這麼特別？」

蕭凱文一邊東張西望，一邊開玩笑：「對啊，裝潢得像密室逃脫場地一樣。這些門後該不會還有機關吧？」

陳熙照微笑回應：「聽過奇門遁甲嗎？別擔心，這些設計都不是為了困住人。」

何沐芸聽了更加疑惑，而蕭凱文聽了則有點發毛，馬上加快腳步，跟緊陳熙照和何沐芸。

三人很快便來到飯廳，其空間並不十分寬敞，但何沐芸和蕭凱文都鬆了一口氣。兩人皆心道：總算走出剛才狹小的走廊了。

餐桌上已擺好數道中式合菜與三人的碗筷。

陳熙照招呼兩人道：「坐吧。我們邊吃邊說。」

用餐之際，蕭凱文想起何沐芸早上拿給他看的護身符，便問陳熙照說：「聽芸芸說，她的護身符是你給她的？你也信這個？醫生不是大多都只相信科學嗎？」

陳熙照慢條斯理地吞下飯菜後才回他：「首先，我不認為科學與玄學之間真的有界線，科學家和玄學家不過是用不同的角度來理解、分析宇宙運行的規則。我相信科學，不代表就不相信玄學。

也許這跟我的背景有關。老實說，我的祖輩確實有幾代是道士，但是到了我爸那一代就已經是普通老師了，所以我也只懂得一點簡單的道術，對於鬼神之事也只有粗淺的認識。」

說到這，陳熙照轉頭對何沐芸說：「像這種簡單的護身符，我還是能畫的。」

蕭凱文挑眉質疑：「既然你不是道士，那你畫的符有用嗎？」

陳熙照並不生氣，仍微笑道：「這就是茅山道術的優點了。『入門』的術法不需功力，非道士寫出來的符也照樣管用。」

何沐芸忙問正事：「學長相信輪迴嗎？關於我在鄭家宗祠的發現，你有什麼想法嗎？」

陳熙照放下筷子，正色道：「從妳的描述來看，妳猜的或許沒錯，妳就是鄭香蘭的轉世。而且鄭香蘭和鄭香桂這對雙胞胎有累世宿怨，所以鄭香桂這世才找上妳。」

何沐芸聽了當即眉頭深鎖，心生惶恐。

蕭凱文撥了撥頭髮說：「這麼說，鄭香桂就是傳說中的『冤親債主』？老實說，雖然我相信這世上有鬼，但我本來是不相信有『輪迴』這種事。直到和芸芸在鄭家宗祠看到那對雙胞胎的畫像，我才開始相信前世今生。」

何沐芸點頭附和：「我也是。」

陳熙照說：「其實歐美這二十幾年來，已經有好幾位Neuropsychologists證明輪迴的存在。」

他和許多醫生一樣，私下說話習慣中英文夾雜。這對於本身就是醫生的何沐芸來說不是問題，但對蕭凱文來說就有點難度了。雖然他從小就在雙語環境中成長，但對於醫學專有名詞仍不太熟悉。

因此蕭凱文問道：「Neuropsychologist是？」

「神經心理學家。」陳熙照又補充，「就名稱而言，神經心理學就是腦神經學和心理學的結合。這些科學家經過數十年的研究，證明了輪迴的存在。雖然還沒有確切的研究能證明靈魂也存在，但我認為就是『靈魂』承載著記憶和因果業報，進行著輪迴轉世。」

何沐芸著急道：「學長，那我該怎麼做，才能擺脫鄭香桂？」

蕭凱文也跟著問：「是不是要作法啊？可是你又說你不是道士。」

陳熙照搖頭說：「我更傾向於用我的專業來解決。我們可以先透過『招魂』來了解鄭香桂所求為何，也許滿足了鄭香桂的願望或開導祂、化解冤仇，祂就會離開，不會再來糾纏妳。」

「招魂！」何沐芸馬上站起身，退離餐桌時，一個踉蹌差點跌倒。她神情驚恐，「我不要。」

陳熙照反射性地衝上去想扶她一把，但蕭凱文比他快了一步。他只好默默放下手，停在桌邊。

何沐芸害怕得眼淚都快掉了。她顫抖地說出她的猜想：「鄭香桂是來殺我的！我猜我的前世，也就是鄭香蘭，和夢中那個穿紅衣服的女人密謀給鄭香桂下毒。然後鄭香蘭又躲在書房的密室裡掐死鄭香桂。之所以淡水廳志寫鄭香桂活到八十，是因為鄭香蘭假扮鄭香桂、取代她的身分繼續待在夫家。鄭香桂現在找上我，一定是想來報仇。」

蕭凱文眉頭緊鎖，神情嚴肅地說：「放心，有我在，我不會讓祂傷害到妳。」

相較於何沐芸的驚恐和蕭凱文的擔憂，陳熙照顯得額外泰然自若。

他說：「我的想法比較樂觀。我認為個性隨著靈魂走；靈魂承載的也許不只是記憶、因果業報，還有個性。」他頓了下反問何沐芸：「妳覺得自己是會殺人的人嗎？」

何沐芸明白他的意思，搖頭道：「不是。我是醫生，怎麼可能會傷人。但是上輩子的鄭香蘭……我不知道。我對她也不了解，我怎麼會知道她到底有沒有傷害鄭香桂……」

陳熙照雙手放背後，說：「有可能最後的真相和妳的猜測完全不同。但事主畢竟是妳，妳當然有權選擇在護身符的保護下逃避真相，或者……勇敢面對問題根源，嘗試解決它。」

何沐芸雙手絞在一起，猶豫了起來。她從小就將「格物窮理」視為圭臬，養成追根究柢的習慣，若非如此，她也不會傾心鑽研學問，醫術也無法如今日這般精湛。因此她對於事物不喜歡一知半解，更不喜逃避問題。這也是為什麼她連日來積極探究鄭香桂、鄭香蘭身世的原因。

再者，何沐芸想起鄭香桂多次救她，又想到最近一次夢中的鄭香桂想對她說話卻無法開口，便喃喃道：「你說得有道理，萬一是我的理解錯誤了呢？萬一鄭香桂是需要我幫祂什麼忙呢？萬一祂是在求救呢？」

何沐芸心善，這個念頭一萌生，她便抿嘴點頭，鼓起勇氣、決然道：「好，我決定招魂。」

陳熙照微笑：「我就知道。妳一直是追根究柢的人。」

蕭凱文擔心道：「芸芸，妳確定？」

「嗯。」何沐芸又對陳熙照說：「趁我還沒反悔之前，我們趕快開始吧。」

＊＊＊

飯廳的餐桌與大部分的椅子、物品都已被搬開，只留中央一張椅子給何沐芸坐。

蕭凱文和陳熙照則躲在她身後的門後。商量好若有什麼萬一，他們可以馬上衝出來保護她。

何沐芸與前方開啟的窗戶之間，立著兩排竹子形成一條走道。而她本人則手拿引魂幡，神情緊張地不斷重複唸道：「鄭香桂請現身、鄭香桂請現身……」

初時什麼事也沒發生，從門縫窺看的蕭凱文有些不耐煩，小聲問陳熙照：「喂，你這招真的有用嗎？招魂儀式不是都要搖鈴、唸咒嗎？」

陳熙照同樣小聲回答：「你以為是在拍片啊。」他頓了一下又說：「這叫姜太公釣魚，願者上鈎。要是真的搖鈴、唸咒，招來不該來的，怎麼辦？」

這時，飯廳窗邊的風鈴突然發出清脆空靈的響音。

坐在中央的何沐芸感受到一股冷風，吞了一下口水，繼續唸：「鄭……香桂……請現身……」出於恐懼，她唸得越來越慢，也越來越小聲。

她前方倏地颳起一陣旋風，將竹葉打落，片片隨風在空中逆時針飄轉。門後的兩個男人同時止住嘴，朝飯廳窺看。然而，有陰陽眼的陳熙照還未見到一縷幽魂，何沐芸的頭便突然一個後仰，身體隨即往左邊倒下！

蕭凱文見狀，連忙推開門、衝出去，趕在她摔在地上前，及時接住她。

「芸芸！芸芸！」蕭凱文見懷中的她雙目閉闔、沒有反應，慌張地問陳熙照：「她好像昏倒了！怎麼會這樣？現在該怎麼辦？」

陳熙照看了一眼手中的銅製羅盤，訝然道：「祂已經來了。」

蕭凱文東張西望道：「哪裡？我什麼都沒看到啊。」

接著他注意到陳熙照的視線和羅盤指針都指向何沐芸，當即瞠目驚道：「不會吧！」

＊＊＊

何沐芸再度來到一個伸手不見五指、烏漆墨黑的地方。

隨即，四周開始慢慢有了朦朧的光線。但她被濃霧包圍，看不清自己在哪裡，也不知道光線從何而來。

緊接著，她開始聽到吵雜的人聲，聞到各種混雜的氣味。白霧突然散開，她發現自己竟然站在一條老街上。

她環顧四周，這是一條石板路，左右兩排的老房子皆是兩、三層樓的高度，看上去很整齊。家家戶戶都是復古的對開門，還有一對銅環。門上高掛的燈籠，將黑夜中的街道照得明亮溫暖。不論房子是磚造或木造，二樓女兒牆上都有著老式的鏤空欄杆，軒窗也是老式的窗格或黏著剪紙。

更奇怪的是，街上來來往往的人，不論男女老少，全都穿著好似清朝古裝。

何沐芸一瞥到旁邊宮廟門楣牌匾寫著「金華府」三字，當即覺得眼熟。想了一會才想到：金華府不是在台南嗎？好像是在神農街？我怎麼會來到這裡？

她一邊左顧右盼，一邊往前邁開腳步時，肩膀傳來的重量感告訴她，背後似乎正背著什麼東西。

她正想看看自己在背什麼，突然有人拍了她手臂一下。

「洪夫人？」

何沐芸轉頭一看，是個陌生的婦人。婦人的面容與何沐芸之前夢中見到的女人都不一樣，但也是穿著清朝古裝。

一見到何沐芸的正面，婦人一臉驚喜道：「竟真是妳！洪夫人，妳怎麼會來到我們府城這？」

何沐芸一聽，頓時想到鄭香桂的丈夫──洪仰全。這才恍然大悟，明白自己現在宛如「附身」在鄭香桂的身上，正以鄭香桂的視角回顧生前的經歷。但是她和鄭香桂都可以控制身體。

接著婦人左右兩旁，提著小燈籠照路的兩個女孩同時向鄭香桂屈膝拱手，恭敬道：「洪夫人好。」

鄭香桂對兩個女孩點了點頭，朝婦人走近一步喜道：「周夫人！沒想到能在這遇見妳。」

鄭香桂與周夫人談話之際，何沐芸對三人打量了一會。中間向鄭香桂打招呼的周夫人不只衣著精緻，盤髻的頭上還配戴著華貴的玉釵與髮梳；而兩個女孩則是短短的齊眉瀏海與簡單的長辮，沒有任何首飾，穿著也比周夫人的簡樸粗糙，似乎是周夫人的丫鬟。

何沐芸猜想：眼前的周夫人應該是洪仰全的朋友吧？否則不會稱呼鄭香桂「洪夫人」。不過鄭香桂來台南做什麼呢？

何沐芸思考之際，周夫人又道：「哎唷，妳又生了啊？恭喜妳啊。這漂亮娃兒睡得好香啊。是男是女啊？」

何沐芸心中大驚：什麼！原來我背上背的是個小嬰兒嗎？等等，我記得鄭香桂被下毒、關進密室時，提到她的孩子一個三歲，一個滿周歲。如果背上的是第二胎，那麼鄭香桂豈不是離死期不遠了？她死前到底發生了什麼事？

周夫人在她面前揮了揮手，道：「洪夫人？洪夫人，妳還好嗎？怎麼都不應我呀？」說到這，周夫人環顧一圈，又問她：「怎麼就妳一個人帶著孩子？洪老闆呢？」

何沐芸心想：周夫人可能是與洪仰全有生意往來，和鄭香桂不太熟。但是我該回什麼話，才不會顯得突兀呢？

她正想著該怎麼回周夫人時，鄭香桂忽然發話了：「周夫人，一個多月前，外子為了與周老闆談生意，特地親自下府城。

但自他出發那日起，我們家便未收到一點音信，故我公公、婆婆便於他出發後十日報官，並差人來府城打聽。可是依然音訊全無，我們一家憂心不已。

七天前，家裡生意突逢變故，事事需要外子拿主意。無奈之下，我只好將長子託付給公婆照顧，隻身帶著這娃兒前來尋人。我費了一番周折，才總算抵達府城。」

說到這，鄭香桂向周夫人微微彎腰、拱手行禮道：「還請周夫人帶我去見外子。」

經過這陣子的查訪，何沐芸知道鄭香桂在清朝嘉慶晚期出生，便心中估算：現在應該是在道光年間了。我記得……台灣一直到光緒年間，劉銘傳擔任台灣巡撫後，才興建縱貫南北的鐵路。天啊，鄭香桂該不會一路搭牛車到台南吧？不對，這個年代有些路段恐怕還得徒步翻山越嶺。難怪鄭香桂走了七天才到。古人真辛苦。

周夫人聽聞鄭香桂一席話，詫異道：「不可能啊！店鋪生意的事，我雖不清楚，但這一個多月來，我未曾見到洪老闆，也未曾聽說洪老闆來府城。」

鄭香桂著急地回周夫人：「未曾見過？老天，我該去何處尋他？這下該如何是好？我盤纏已用盡……」

周夫人關心道：「眼下天已經黑了，妳打算在哪下榻？要是不嫌棄，今晚就在我這落腳吧。」她停頓了一下，又接著說：「妳帶著娃兒，這一路是如何過來的呀？哎呀，怎麼不帶幾個丫鬟陪妳一同下府城？要是路上有個好歹，該如何是好？」眼神與口氣都充滿憐憫。

「唉，長子不過三歲，我臨行前將他託付給公婆照料，實在放心不下。所以我將丫鬟全都留下來，叫她們隨侍公婆，並一同照看他。」

「原來如此。」

其中一個丫鬟忽道：「天色已晚，這兩個燈籠裡的蠟燭都快燒盡了，還請兩位夫人早些回家。」

周夫人對鄭香桂說：「那我們快走吧。」

鄭香桂遲疑道：「多謝周夫人好意，但外子他仍下落不明……我還是先去尋尋他吧。」

周夫人拉著鄭香桂，熱心地說：「妳人生地不熟的，上哪尋啊？別急，我明早就幫妳打聽。」

何沐芸聽了都為鄭香桂著急，心道：還明天？現在就打電話吧？啊不對，台灣一直到清朝同治年間，沈葆楨來台時，才設有供平民通信的「站書館」；光緒年間，劉銘傳來台時，才有聯絡南北的電報線。真不知道他們現在南北通信要花多久時間。飛鴿傳書會不會比較快？

周夫人繼續對鄭香桂說：「妳帶著孩子一路風塵僕僕、舟車勞頓的，妳不用休息，孩子也要休息啊。待我打聽清楚，再差人送你們回大稻埕。」

鄭香桂輕嘆一口氣，回道：「夫人說得有理。那麼我便謝謝夫人收留了。」

周夫人笑說：「哪來的話。妳難得來府城作客，我高興還來不及呢。」

不知何故，周圍光線緩緩暗了下來，何沐芸忽聞到一股味道。待光線再次亮起，四周的場景竟為之一變。

她茫然地環顧一圈，猜測她「附身」的鄭香桂應該正在一座小廟的殿裡。而她聞到的味道正來自眼前香爐裡的線香。

從視角來看，鄭香桂是「跪」在神壇前。神壇上除了主神以外，左、右、前方都還有其他尊尺寸較小的雕像。由於殿內並無明顯標示，何沐芸猜不出鄭香桂在哪座廟。

鄭香桂雙手合十時，何沐芸聽到鄭香桂內心的聲音：「城隍老爺，此番我從府城歸來已過三日，但外子仍下落不明。請保佑我能早日找到他，也請保佑他在外平安。

唉，他不在時，家中生意突遭巨變，公婆見我年輕，不願連累我，好心代外子寫了休書，要我回娘家另覓良人，兩個孩子從此交由他們照顧。但我豈是不能共患難之人？不論夫家發生何事，我洪鄭香桂永不離棄。還請您保佑洪家能順利渡過難關。」

何沐芸心想：原來這裡是某座城隍廟（註1）。既然鄭香桂說她已從府城歸來，那麼現在應該是在台北的某座城隍廟？

鄭香桂說完拜了三拜後，起身、轉身走出神殿。何沐芸見殿外的天光大亮，才意識到現在身處的時空是在白天。

鄭香桂拜完並未就此離去，出殿後又左轉進另一殿。

這一殿的空間和神桌規模較小，裝飾也較簡單樸素。因此何沐芸猜測：這裡是偏殿。剛才拜城隍爺的是正殿。

待鄭香桂走到神桌前跪下，何沐芸才看清神龕上的橫匾寫著「城隍夫人」四個大字。她有點摸不著頭緒地想：城隍夫人也要拜？不知道是保佑什麼的。

鄭香桂取下肩上包袱，並從中取出一雙小巧的鞋子。

這不是童鞋，而是一雙繡工精緻、鞋尖微微翹起、樣式很奇特的粉紅繡花鞋。

何沐芸出於好奇，控制鄭香桂的手，將其中一隻拿到眼前翻轉察看，才認出是「弓鞋」；也就是古代女子纏足後穿的鞋款。

何沐芸心中奇道：這是誰的鞋子？就算鄭香桂有纏足，腳也不可能小得跟悠遊卡一樣啊。

這時鄭香桂雙手將鞋子捧起，何沐芸又聽到鄭香桂的心聲：「城隍夫人，我在府城與周夫人臨別之際，周夫人欲言又止，向我暗示：外子被青樓的女人迷了心竅，特別花錢在涼州街買了房，將那野女人養在那。

啊，我實在不願相信。城隍夫人，您說，這會是真的嗎？如今回想起來，外子確實是個風流之人。難道外子這幾個月來，真的沒有下過府城，一直都在大稻埕——」

此時鄭香桂身後忽傳來一陣響亮的敲鑼聲，打斷了她的祈禱。她轉頭一看，廟外似乎鬧哄哄的。她起身走出殿外，即將步出廟時，何沐芸趁機回頭仰望，門樑中央的牌匾寫著：「霞海城隍廟」，左、右木製對聯則分別寫著：「霞彩臨門八蜡配天赫濯」、

「海澄啟宇六龍隨地封遷」。

何沐芸才知道這裡是「大稻埕」裡的霞海城隍廟。同時也想到：從清朝時期，這座廟裡供奉的城隍爺就已經是台北城的守護神了，在地人常來廟裡向城隍爺祈求諸事順利；向城隍夫人祈求婚姻美滿（註2）。一直到近幾十年，才有越來越多的人來拜月老。

註1：按作者考據，霞海城隍廟於清朝咸豐年間興建。本章為創作需要，將之提早至道光年間。

註2：霞海城隍廟的「城隍夫人」於光緒年間始供奉。本章為創作需要，將之提早至道光年間。相傳早年曾有富商妻子因丈夫不忠，便前去廟裡向城隍夫人祈求夫妻感情和諧。後來如願，這名妻子便奉上親手縫製的弓鞋作為謝禮，並請廟方為城隍夫人穿上。消息傳開後，參拜方式逐漸變成女信眾前來祈取城隍夫人的弓鞋，即「幸福鞋」，以求婚姻幸福。再將自己親手縫製的弓鞋換上。時至今日，廟方已不再為信眾穿脫弓鞋，而是另外販售「幸福鞋」，再以過爐的方式加持。

第十六章　東窗事發

廟外迪化街上熙熙攘攘，不少人邊跑邊雀躍喊道：「快走快走！龍舟賽就要開始了！」

何沐芸心道：龍舟賽？所以今天是端午節嗎？霞海城隍廟就在大稻埕港口附近，龍舟應該就是在那邊舉行的吧？

鄭香桂才踏出廟，便聽到迪化街上幾個男人的吆喝聲：「走開、走開！別擋道！我們家少爺等著看龍舟呢。」

鄭香桂循聲轉頭一看，幾個小廝打扮的男人推開人群。後頭走來一位衣著明顯比路人更華貴的年輕男人。

男人面孔極為熟悉，何沐芸馬上就認出來了。她難以置信地想：是建仁！他怎麼在這？不對，他也穿著古裝，應該也是鄭香桂那個時期的人。

鄭香桂似乎也認識這個男人，她馬上擠過人群，邊朝男人快走，邊揮手高喊：

「相公！」

何沐芸暗自驚道：原來他是洪仰全！怎麼長得跟建仁這麼像？難道我們這一世之所以會相聚，是因為前世有淵源？天啊，那鄭香蘭該不會也和洪仰全有什麼吧？

其中一個小廝一見到何沐芸附身的鄭香桂，馬上停下腳步，面色詫異道：「是少夫人！」

而本來神情滿面春風、瀟灑飛揚的洪仰全，一看到鄭香桂便大驚失色，接著眼神飄忽，似乎在心虛。

何沐芸不只能聽到鄭香桂的心聲，更能感受到她的情緒。

或許是因為洪仰全的反應，鄭香桂頓時怒火中燒。她氣呼呼地猛力推開小廝，衝到洪仰全面前，雙手揮舞喊道：「這究竟是怎麼回事？你為何在此？我以為你下了府城，千里迢迢、費盡千辛萬苦去尋你，卻苦尋不著。若不是周夫人好心收留我，又差人去打聽你的消息，我都不知該如何是好。

初時周夫人告訴我：周老闆愛聽戲，每回來大稻埕都會上戲館。結果他連兩次都在涼州街（註）撞見你和同一個女人在一起！

當時我還不信。可現在，我不得不信了！你從頭到尾都在大稻埕，是不是？你為了能夜不歸宿、留連風月館子，便騙我說你下府城談生意，是不是？」

這一番動靜引來不少路人好奇圍觀，洪仰全一臉尷尬地看向周遭的群眾，對鄭香桂說：「當然不是！我的好娘子啊，當然不是周夫人說的那樣。有什麼話，我們好好說。妳先冷靜冷靜。」

「你要我如何冷靜？你可知道家中生意出大事啦？」鄭香桂怒喝：「為何這四十天來，你一點消息也沒有？說！這究竟是怎麼回事？」

洪仰全這樣當眾被數落，似乎感到很沒面子，因此他也跟著大聲怒吼：「放肆！竟敢如此對為夫說話！妳這潑婦！」

他正要抬手賞鄭香桂巴掌時，鄭香桂背上的嬰兒忽然被驚醒，發出響亮的哭聲：

「哇——哇——哇——」

一名小廝彎腰向兩人恭敬拱手道：「還請少爺、少夫人回家再說吧。這麼多人看著。要是此事傳了出去，對洪家名聲也不好……」

他的聲音逐漸拉遠，後面說了什麼，何沐芸都聽不清楚。天光漸漸暗下，何沐芸心想：會不會像剛才一樣，又要換地方了？

果然，待光線再次亮起，何沐芸發現自己身處在一個室內的環境。而且她所附身的鄭香桂正跪在兩個人跟前，低頭捏著手帕泣訴：「……公公、婆婆，看在桂兒多年來盡心盡力侍奉的分上，您兩老今日一定要為桂兒做主啊……」

何沐芸心想：這又是哪啊？我來假裝擦一下眼淚、偷看一下好了。

她控制鄭香桂的身體，假借手帕擦淚的同時，悄悄朝左、右打量了幾眼，看出這是一間中式的廂房。

此時前方突然傳來拍桌聲響，何沐芸借鄭香桂之身抬頭一看，拍桌的是個大約五十歲的男人。何沐芸推測他就是鄭香桂的公公；而坐他旁邊的女人，則應是鄭香桂的婆婆。

鄭香桂錯愕道：「公公？」

公公怒不可遏地指著鄭香桂鼻子罵道：「男人有個小妾、通房再尋常不過，更何況全兒不過是在外面有女人，妳便這般哭哭啼啼，小題大作！若不是妳不夠溫順、無法討我們全兒歡心、為全兒解憂，全兒何須到外面尋芳？妳不知自省，還敢埋怨全兒！有妳如此善妒的媳婦，我們洪家如何能和氣平順？」

何沐芸感受到鄭香桂大受打擊、目瞪口呆地看著公公，心中不免為她打抱不平：太過分了，明明是兒子出軌還反過來怪媳婦！等等，不對啊，怎麼鄭香桂的公公、婆婆聽鄭香桂這麼說，第一時間不是認為鄭香桂誤會洪仰全，而是直接相信鄭香桂的說詞？會不會是他們早就知道洪仰全在外面有女人了？

鄭香桂的婆婆連忙出聲緩頰，安撫公公：「相公莫氣。桂兒此番為了尋我們全兒，不辭辛勞南北奔走，想來對全兒也是一片癡心，因此才無法接受全兒在外面尋歡作樂。」婆婆轉而對鄭香桂說：「桂兒，我見妳這幾年如此辛苦，既要顧兩個孩子又要侍奉我們兩老，整個人都憔悴了，心裡很是不捨。不如……讓全兒納個妾進來，好替妳分擔家務，又能幫妳將全兒留在家，如此豈不是好事一樁？」

「婆婆！」鄭香桂不可置信道：「您怎麼又提納妾一事？我說過我絕不會同意的！」

公公冷哼一聲：「笑話！丈夫是否另娶妻、納妾需要經過妳同意嗎？妳算是個什麼東西？丈夫肩扛一家生計，妻子自當以夫為天。妳嫁來洪家六年，除了為洪家生了一個兒子，還為洪家做過什麼？」

鄭香桂聞言頓時悲從中來。她嫁來洪家第二年便喜獲麟兒，原以為自己從此便可母憑子貴、地位鞏固，豈料她還未坐滿月子，公婆就要她繼續生。此後她努力備孕，卻始終無喜訊，公婆也開始頗有微詞。好不容易到了第五年終於有身，誕下的卻是女兒，令公婆更加不滿。

無力替洪家多添子嗣確實是她的過錯。自責的她垂下了頭，沉默不語。

公公繼續挖苦道：「妳懂算帳嗎？妳能進出店鋪幫忙顧生意嗎？」

她仰頭，激動泣道：「我懂算帳啊！是你們不讓我經手帳目，不讓我去店鋪——」

公公再次拍桌喝道：「妳還敢說！妳看看妳那雙腳，大得像窮苦人家似的，要是讓人知道我們洪家的媳婦如此，那多丟人啊。唉，妳說妳和妳姊姊怎麼會差這麼多？早知當年就該退婚，不該換成妳，讓妳做我們家的媳婦！像妳這般既無能又善妒的大腳婦留著何用！今日老夫就代兒把妳給休了！」

鄭香桂驚駭地喊：「公公！」

何沐芸聽了也錯愕不已，心想：他的意思是，原來當初應該嫁給洪仰全的是鄭香蘭，但因為某種原因換成了鄭香桂？天啊！

此時背後有人推開門進來，道：「爹，您莫再如此為難桂兒，讓下人們聽見了、傳出去多不好，說不定還會誤以為您苛待媳婦。再說，此事本就是誤會一場，說清了便沒事。」

「誤會？」鄭香桂轉頭一看，是洪仰全。

「桂兒先起來吧。」洪仰全伸臂扶鄭香桂起身，又對她說：「唉妳也真是的。那周夫人說什麼，妳便信什麼。」他轉頭對兩老，「此事我自會處理，就不勞爹娘費心了。」說完便將鄭香桂帶離廂房。

鄭香桂見洪仰全出面維護自己，替自己向公婆說情，滿腔怨氣便已消了許多，便任由他拉著走。

待兩人進到另一間廂房時，鄭香桂不再怒言相向，而是著急道：「這究竟是怎麼回事？為何你一個半月來無聲無息，我去府城又尋不著你？」

洪仰全嘆了一口氣，「此事說來話長。其實家中生意早在兩個月前便出現問題，只是我當時不敢聲張。這兩個月來，我四處奔走籌資，但成效甚微。一個半月前，我原想親自下府城向周老闆求助。不料出發當日，我在路上便接到周老闆商隊送來的信。周老闆在信中婉拒我，勸我別白跑一趟，所以我才沒去成。然而爹將生意託付給我，在難題尚未解決之前，我有何顏面回家見爹？所以這段時間，我只好到外地另找友人相助。方才我一回到大稻埕，就連忙返家。沒想到妳正好不在。」

鄭香桂道：「哎真不巧我去城隍廟上香了，所以才沒能在家迎接你。唉，原來相公是因此才沒去成府城。但為何你多日未與家裡聯繫？你可知我們有多擔憂？」

「妳錯怪我了。我一路上託人送信送了五、六次。大概是那些人還未回到大稻埕，所以信件還未送到家中吧。」洪仰全一手牽起她，另一手為她拭去淚水，深情款款道：「桂兒，這段時間讓你們操心了。」

鄭香桂心一軟，對他說話的口氣也變得溫柔：「相公，那麼涼州街的女人又是怎麼回事？」

「冤枉啊，那分明就不是我！」

「可是周老闆與你熟識多年，怎麼會看錯？」

「肯定是周夫人胡說！」

「可是周夫人不像是那樣的人。她為什麼要騙我呢？」

「我怎知？桂兒，究竟是妳我夫妻相處日久，還是妳們？妳竟選擇相信周夫人，實在太令我失望了！」洪仰全氣得甩開她的手。

「我……是我錯了，我不該懷疑相公的。」這下鄭香桂不只完全氣消，更是自責不已。

「知錯就好。桂兒對我一片痴心，我怎敢辜負。」洪仰全說到這，拿起繫在腰帶上的香包，「妳看，我一回到家，見到房裡的香包，上頭繡著一對鴛鴦，便知是妳繡給我的。所以我立刻戴在身上。」

他輕輕一嗅，誇讚道：「桂兒做的香包味道特別，與別人的都不同。」

何沐芸這時也聞到了香氣，心想：嗯，香氣確實很有特色。

鄭香桂說：「這裡頭除了尋常的艾草、藿香、丁香、石菖蒲外，還加了你喜歡的甘松。」

「原來如此。桂兒真用心。」洪仰全再次牽起她的手說：「這些日子妳辛苦了，整個人都瘦了一圈。這次回來，孩子們就給奶娘、丫鬟她們帶，妳好好休養。我特意囑咐了廚子煮妳愛喝的四神湯，睡前喝暖了較好入睡。」

「你也是。在外奔波一個多月，晚上也早早歇息。」

洪仰全苦笑一聲，「恐怕不行。我離開店鋪太久，得和帳房先生對帳。今晚恐怕得忙通宵了。」

周圍光線再度暗了下來，何沐芸心道：又要換場景了。但是直到現在，我都還是不清楚鄭香桂為什麼要來糾纏我，也不知道她到底要的是什麼。還有，當初應該嫁給洪仰全的是鄭香蘭，為什麼後來換成了鄭香桂？唉，好多問題都還沒釐清。

＊＊＊

一陣敲鑼聲自遠方響起。待何沐芸再次睜開雙眼，四周光線很暗。她眼珠轉了一圈，看出她附身的鄭香桂正獨自躺在溫暖的床榻上。床的四角有床柱，上方還有床頂板。床的內側靠牆，外側則由幾乎不透光的粉色遮簾罩著。

鄭香桂撥簾下床，昏黃的燭光中，眼前是一個雅致的中式廂房。除了梳妝台、擺放茶水的桌椅以外，還有一張嬰兒搖床。

何沐芸心想：也許是因為鄭香桂的第二個孩子年齡還小，所以她不放心交給保母照顧，夜間還是自己帶吧。

然而當鄭香桂走近嬰兒搖床一看，赫然發現裡頭空空如也。

鄭香桂倒抽一口氣，驚道：「孩子呢？」她環顧廂房一圈，立刻套上衣服，拿起燭台出去。

鄭香桂出房間時，天色很暗，四周也很安靜。何沐芸猜測此時已是深夜。

鄭香桂看到斜對角的房間有亮光，走近幾步便聽到洪仰全的聲音。他說話聲音很小，她聽不太清楚他說什麼，只聽得出他在與人說話。

鄭香桂喃喃自語道：「難道孩子在相公那裡？」

她走到那間房門前時，裡頭的聲音忽然沒了。

她敲門出聲：「相公，孩子在裡面嗎？」

沒人應門。房間內一點聲音也沒有。

她又問：「帳房先生還在嗎？」

房間內依然沒有人回應。

鄭香桂先整理了一下頭髮和衣服，才推門進去。

何沐芸看到房內的書牆和博古架卻驚訝不已：天啊，這裡不就是我的第一個夢裡的書房嗎？

鄭香桂環顧一圈沒看到人，便先將燭台放在書桌上。何沐芸趁機察看書桌，果然桌上的文房四寶、算盤和書的樣式與擺設位置都和她夢裡的一模一樣。

何沐芸心道不妙，正想轉身離開時，忽然被人推了一下。鄭香桂穩住重心、轉頭一看，旁邊突然冒出一個女人。女人的長相和打扮也和何沐芸夢境裡的一樣。

鄭香桂說：「妳是何人？為何推我？」

偏偏這個時候，何沐芸控制不了鄭香桂，只能在心中焦急地對鄭香桂說：別管她了，妳就要沒命了！趕快跑啊！

女人並未回答鄭香桂，而是回以一個假笑，才開口：「少夫人大半夜的不睡覺，來這做什麼？」

「我來這與妳有何關係？倒是妳，妳怎麼會在這？」

「不然我該去哪呢？去你們房裡睡嗎？我是不介意二女共侍一夫，偏偏妳心胸狹隘，容不得丈夫有別的女人。」

「妳胡說什麼！」鄭香桂環顧一圈又問：「我相公呢？他人在哪？我剛才分明聽到他的聲音。」

「他人在哪不重要，重要的是他的心在我這。時至今日，我也不想瞞妳。實話告訴妳吧。若不是妳不夠大度、太死心眼，我早就進洪家的門，與妳互稱姊妹了。」

「妳說什麼？」

「妳到現在還不明白嗎？洪家是大戶人家，凡事自然是要顧體面的嘛。一個月前妳的公公、婆婆勸妳另覓良人時，妳要是當時答應了，不就可以少受南北奔波之苦了嗎？」

「妳什麼意思？」

何沐芸恍然大悟的同時，也很同情鄭香桂。她心想：鄭香桂妳真傻啊！難道妳現在還聽不懂嗎？這是一個連環計，從頭到尾都是洪家聯手騙妳的；洪仰全沒有離開大稻埕，洪家根本沒有生意上的問題，他們只是想騙妳離婚、淨身出戶，好讓洪仰全娶這個女人而已。

女人繼續對鄭香桂說：「雖說是納妾，但女孩子家嘛，總是想要有個儀式不是？我們本來是想將計就計，趁妳下府城時置辦喜事。沒想到妳竟這麼好運，這麼快便到達府城，且馬上遇到周夫人。周夫人又那麼好心地安排妳跟著他們商隊回來。害我們帖子才發出去，妳人就又回來了。妳說，妳是不是很該死？」

這下鄭香桂終於聽懂了，原來洪仰全方才對她的溫言軟語都是謊話，眼前這個女人就是周夫人說的青樓女子——薇薇。但是鄭香桂心裡無法接受。

「不，不可能！妳騙我！妳這個騙子！」鄭香桂激動地打了女人一巴掌，罵道，「妳到底是誰？怎麼會在這？」

那女人也不甘示弱地回鄭香桂一巴掌，「我是誰，妳管得著嗎？妳要是當初識相，順著洪家給的台階下，接過休書、包袱款款回娘家，也不至於落得今日這般下場！黃臉婆！」

「妳這隻狐狸精！」鄭香桂拿起桌上的硯台，毫不猶豫地往女人頭上砸去。

何沐芸的反應與夢裡一樣，內心尖叫：「頭部外傷！頭部外傷！」

女人受到重擊，先是倒在地上，接著眼神充滿憤怒地撲向鄭香桂。兩人扭打時，鄭香桂的後腦杓突然撞到書桌後方的書櫃。

「叩！」

鄭香桂的耳朵嗡嗡作響、視線模糊。

女人摸了書櫃的暗角，鄭香桂就聽到機關運轉的聲音。感覺後方一空，她往後摔進隱蔽的密室。

倒在地上的鄭香桂頭暈目眩，抬頭一看，眼前的書櫃牆中有一道很窄的暗門。而此時它像旋轉門一樣，放書的那面正緩緩轉回去。

鄭香桂意識到情況危急，馬上爬起身想要出去。但是暗門的機關已被關閉，不管她怎麼用力推，暗門都絲毫不動。

四周幾乎黑得不見五指，只有書櫃上方一排極扁的氣孔透出極為微弱的光。

鄭香桂的第一個反應不是恐懼，而是憤怒。她氣急敗壞道：「書房裡怎麼會有一間密室？我從來都不知道。」

外頭的女人嘲諷道：「妳不知道的多著呢。這下插翅難飛了吧。密室裡沒有別的出口，妳就在裡面等死吧。」

鄭香桂邊拍暗門邊喊：「妳做什麼？放我出去！快放我出去！」

外頭的女人冷笑一聲：「我要是妳，就會乖乖閉嘴。妳要是安分一點的話，也許還能再活久一點喔。要是再嚷嚷，怕是等不到毒發啦。對了，剛才的湯好喝嗎？」

「什麼？妳說清楚！喂！」鄭香桂對著門又推又踢，忽然感到肚腹一陣絞痛，有個念頭閃過她的腦海：我被下毒了！

她痛得眼淚直掉、彎腰蹲在地上，接著又倒在地上痛苦地哀號，這才感到恐慌，朝外求饒：「讓我出去，拜託！我那兩個孩子……大的才三歲，小的才滿周歲。他們不能沒有我，他們需要我……求妳……」

外頭的女人道：「放心吧，以後我會替妳好好照顧他們的。妳就乖乖等死吧。」

「不……拜託……我得照顧他們……求求妳……」鄭香桂苦苦哀求。

話說到一半，鄭香桂脖子忽然一緊，被躲藏在密室裡的人從她後方掐住。

她奮力推開對方的手，才尖叫一聲，就又被掐住。

「呃呃，放開我！救命……」鄭香桂忍著腹中劇痛，死命掙扎，試圖呼救。接著她急中生智，拿下髮釵，胡亂刺向對方。

對方吃痛，馬上鬆開手。鄭香桂咳了幾聲，趁機放聲大喊：「救命啊！來人啊，快來救我！」

對方再次從後方掐住她的脖子。她感覺脖子好像隨時會被掐斷，聲音小到連自己都快要聽不見：「放開……不要……」

此時鄭香桂忽然嗅聞到對方身上的味道，驚愕道：「是你……竟然……呃……」

何沐芸也聞出來了，心中震驚：這個味道！這是鄭香桂送給洪仰全的香包！竟然是他掐死了鄭香桂！

就在何沐芸也快要跟著鄭香桂昏厥時，耳邊忽傳來一聲敲鑼，再連五聲擊梆，再一聲敲鑼。

敲擊聲之中夾雜著幾聲清亮的鈴聲。

接著何沐芸熟悉的男人聲音傳來：「芸芸！芸芸快醒來！」

註：清朝時期，大稻埕涼州街除了戲館遍布，更是著名的「細姨街」，也就是富家子弟偷養小老婆的地方。

第十七章　催眠

陳熙照家的客廳內，閉目躺在沙發上的何沐芸忽然驚醒，立即大口大口地呼吸。她感受到空氣湧入肺部的充盈感，才稍微冷靜一點。

她身側傳來熟悉的男人聲音：「芸芸，妳終於醒了！妳沒事吧？」

驚魂未定的何沐芸被男人的聲音嚇了一跳，轉頭見講話的人是蕭凱文，連忙坐起身急道：「阿凱，是他！是他殺了鄭香桂！」

「誰？是鄭香蘭嗎？」蕭凱文不明就裡地問。

「不是，是洪仰全。」何沐芸搖頭時，發現周遭環境變成裝潢西式的客廳，而自己則被移到沙發上，這才意識到自己回到現代了。

「太好了，妳醒了。」陳熙照也走到她的另一邊，對她微笑，似乎也很高興見到她醒來。

陳熙照有股安定人心的沉穩氣質。何沐芸一見到他，便有種鬆了一口氣的感覺，人也澈底冷靜下來。

她問他們：「我睡著了？睡很久了嗎？」

蕭凱文指了一下壁鐘，回答：「超久！現在已經快四點了！」接著又補充一句，「凌晨四點。」

何沐芸順著他指的方向看過去，果然壁鐘顯示的時間又是三點五十分。

陳熙照關心道：「沐芸，妳現在感覺還好嗎？有沒有哪裡不舒服？」

何沐芸低頭看了看自己的雙手和身體，沉默了一會說：「沒有。我沒事。」

陳熙照這才放心，向她解釋：「妳剛才不是睡著了，是被附身。我看妳狀況不對，才強行用三清鈴把妳喚醒。」

說到這，他晃了晃手中一個帶柄的銅鈴。那是道教常見的法器之一。

「好險你把我叫醒，我剛才真的覺得自己被人掐住脖子、吸不到空氣。」何沐芸心有餘悸地摸摸自己的脖子，「你說我剛才被附身了？我倒覺得是『我附身在鄭香桂身上』。剛才我……」她告訴兩人方才經歷鄭香桂死前的幾個重要時刻。

陳熙照雖然從小接受現代教育，但家學淵源之故，他對古代曆法計時頗為熟悉。

因此當何沐芸講完時，陳熙照說：「妳說鄭香桂被掐死的時候，妳聽到敲鑼和擊梆的聲音。我想應該是那個年代的『打更夫』在報時。既然是五聲擊梆，那麼應該就是五更天。」

蕭凱文摸不著頭緒地問：「什麼意思？那代表什麼？」

陳熙照進一步解釋：「五更天是古代的寅時，也就淩晨三點到五點之間。」

蕭凱文挑眉道：「三點到五點，那不就是現在？」

何沐芸分析：「聽你們這麼說，我才想到：之前我每次做惡夢，醒來都是差不多三點五十分。原來這是鄭香桂的死亡時間。」

陳熙照問何沐芸：「既然最後殺死鄭香桂的是洪仰全，那麼她的死和鄭香蘭有什麼關係？和妳又有什麼關係？」

蕭凱文也一臉疑惑地說：「還有，鄭香桂喝的湯已經有毒，為什麼洪仰全還要在她毒發時出手掐死她？她不是已經被關進密室了嗎？又逃不出去。洪仰全是在急什麼？」

何沐芸說：「我們把那一晚的經過重新順一遍吧。我猜這是一起預謀犯案，洪仰全是主謀，而書房的女人——應該就是花名『薇薇』的妓女——則是幫兇。他們在鄭香桂喝下毒湯、入房就寢後，趁她熟睡時悄悄將孩子抱走。

或許洪仰全原本以為鄭香桂會在睡夢中死亡，所以只是待在旁邊的書房等待、以防萬一，沒想到鄭香桂會半夜跑出來。

察覺鄭香桂來到書房門口的洪仰全和薇薇一開始都躲了起來；洪仰全躲進密室，而薇薇躲在書房的某個地方。也許薇薇知道鄭香桂快要死了，所以不但不怕她，反而想向她叫囂。所以才現身與鄭香桂發生爭執、打鬥，再趁機把鄭香桂關進密室。

鄭香桂進了密室後，不停大聲呼救，洪仰全作賊心虛，怕引起其他家人或鄰居的注意，自己謀殺妻子的事就會敗露，所以才出手掐死她。」

蕭凱文和陳熙照聽了都點點頭，蕭凱文說：「芸芸的猜測大致合理。但我認為幫兇不只是薇薇，應該還有洪仰全的爸媽或是其他家人。鄭香桂先是與薇薇對罵、打架，之後她被關進密室又有求救，家人不可能都沒聽到，只是沒有過來救她。而且他們事後應該也有幫忙掩護、祕密辦鄭香桂的後事，所以這件命案才會被掩蓋過去。」

陳熙照說：「對，鄭香桂死後，洪家和薇薇應該是聯合起來讓外人以為鄭香桂還活著。否則洪仰全的爸媽和鄭香桂相處這麼多年，就算薇薇假扮鄭香桂扮得再像，他們也不可能看不出端倪。」

何沐芸說：「可是鄭香桂娘家那邊怎麼沒發現呢？啊，她結婚後因為某種原因和娘家斷絕往來了。這就說得通了。」

陳熙照輕嘆一口氣。而蕭凱文則說：「不過就算婚後和娘家沒聯絡，也應該會有幾個常往來的好朋友吧？如果連好友都沒有，那麼除了洪家以外，不就真的沒人發現鄭香桂被害死了？也太慘了吧。」

何沐芸說：「也許還有別的原因，所以外人不知道鄭香桂已經被害死。至於學長剛才提出的問題……我也不懂鄭香桂的死和鄭香蘭，或是和我有什麼關係。也許我看到的還不是全貌，所以還沒辦法拼出全局。對了，我的包包呢？」

陳熙照將她的包遞給她。她從中拿出手機，點開相簿，瀏覽起之前在鄭氏宗祠翻拍的照片。當她滑到鄭香桂和鄭香蘭的合照時，突然萌生出一個想法。

她喃喃自語：「也許這個問題只有我自己能回答……」

蕭凱文問：「什麼？」

陳熙照聽懂了，他說：「妳是想透過『深度催眠』回想起前世記憶吧。的確有過一些案例是受催眠者想起前世記憶，但只有極少數的記憶片段可以被考究、被證明是真實的。再說，也不是每個人被催眠後都能想起前世記憶。」

蕭凱文這才聽懂。他擔憂地問何沐芸：「妳確定要嗎？會不會有危險？」

陳熙照抱胸說：「風險是有的。不論有沒有想起前世記憶，催眠都有可能會導致記憶重組或是混亂，進而導致思覺失調。有的病人接受催眠後，連人格都變了。」

「學長，我還是想試試。」何沐芸眼神堅定地看向陳熙照。

＊＊＊

客廳的茶几上放著一個中型沙擺。那是一個樣式簡單優雅的三角鑄鐵架，中央用線垂掛著一枚子彈型的擺錘，錘尖端朝下，受施力方向產生簡諧運動，便會在底部沙盤上繪製出規律的圖形。

此刻沙擺已畫出好幾圈橢圓形，而坐在沙發上盯著沙盤的何沐芸，也意識越來越渙散。

陳熙照開始下達命令：「……當妳聽到三清鈴的聲音就會醒來。現在我數到三，妳就會睡著。一、二、三。」

何沐芸頭自然向前垂落。一旁的蕭凱文立刻伸手拉住她，並將她平躺在沙發上。

陳熙照引導她：「妳現在周圍一片漆黑，但是往前走就會出現一條走廊。當妳走進走廊時，告訴我有沒有看到門。」

何沐芸的「意識」在漆黑的環境中走沒幾步，果真進到一條圓拱頂、刷白漆的走廊。

她看了一圈，有些疑惑地對陳熙照說：「沒有門，但走廊上兩邊都是窗戶。」她頓了一下又說，「走廊深處有光。白光。」

陳熙照給指示：「妳往白光走。」

何沐芸邊走邊左顧右盼。兩側窗戶外的景象都是她的記憶；一扇窗戶外是她與建仁分手那晚的畫面，另一扇窗戶外是第一次為病人開刀的畫面，還有一扇窗戶外是她和家人一起用電腦查看大學榜單的畫面……

走著走著，她發現自己越往白光走，窗外的記憶畫面越是久遠。當她經過其中一扇窗戶前，忍不住停下了腳步。

窗外的她，被三個穿著國中制服的女同學包圍。

此時陳熙照看沙發上的何沐芸皺起眉頭，便問她：「怎麼了？妳看到了什麼？」

何沐芸回答：「那是我第一次遇到校園霸凌。當時我國一。」接著便向陳熙照描述當時的經過。

***

校園的角落，中間的同學一把搶走她的書包，另一手將她推到牆角，兇狠地質問她：「妳跟蕭凱文是不是在一起？」

何沐芸害怕地揮手說：「沒有沒有。」

中間的同學將何沐芸的書包丟給左邊的同學，使喚道：「檢查一下。」接著又問何沐芸，「那他是不是喜歡妳？不然他幹嘛故意收走同學送妳的情書？」

「我、我不知道。」

「那妳有沒有喜歡他？」中間的同學拿出美工刀故意在何沐芸面前比劃，「說實話喔。要是讓我之後發現妳騙我，妳就死定了。」

「我……」何沐芸一時語塞。她害怕承認會被割臉，又害怕不說實話之後被發現還是會被割臉。

左邊的同學檢查完何沐芸的書包，說：「裡面沒有信。」

這個時候，蕭凱文突然出現，朝她們邊走來邊說：「欸，妳們在這邊幹嘛？」

三個包圍何沐芸的同學轉身一看是蕭凱文，中間的同學馬上將美工刀收進裙子口袋，左邊的同學則將書包丟還給何沐芸，右邊的同學回蕭凱文：「沒有啊，我們只是在聊天而已。」

蕭凱文不信，以開玩笑的語氣說：「才怪。妳們該不會是在為我爭風吃醋、找芸芸麻煩吧？」

三個同學先是搖頭否認，接著中間的同學問蕭凱文說：「你們在一起了嗎？」

蕭凱文挑眉道：「不是啊。怎麼這麼問？」

中間的同學說：「不是，你還叫她『芸芸』。」

右邊的同學附和：「對啊。你叫她叫得這麼親密幹嘛？」

蕭凱文說：「我們很熟了啊。國小就認識了。」

中間的同學試探道：「那你是不是對她……有感覺？」

蕭凱文笑回：「是啊。我對誰都有感覺，我誰都喜歡。」

中間的同學聽了啼笑皆非：「什麼嘛，誰都喜歡，不就是誰都不喜歡嗎？」

蕭凱文說：「妳管我那麼多。妳是暗戀我喔？」

中間的同學有點害羞：「誰暗戀你啊！自戀狂！」說完便對身旁的兩個同學說，

「我們走。」

接著三人快步離去，只留下何沐芸一臉難過地站在原地。

蕭凱文對她說：「喂，怎麼還不走？」他看她表情有異，靠近關心：「喂，妳沒事吧？」

何沐芸突然用力將他推開，對他大喊：「你走開啦！」接著拔腿就跑。

蕭凱文不明就裡地問：「喂，妳發什麼脾氣啊？」

＊＊＊

何沐芸描述完那段記憶，蕭凱文也問她：「對啊，妳那個時候幹嘛兇我啊？」

陳熙照看他至今依然不解，便搖了搖頭，小聲自言自語：「我就好人做到底，幫你們解開這個心結吧。」他隨即用正常的音量問何沐芸：「蕭凱文當時救了妳，妳為什麼反而對他發脾氣？」

事隔多年，何沐芸現在想來仍有氣，皺眉不悅道：「我氣我自己想太多了。阿凱就是愛錢、貪吃又花心，動不動就說喜歡我、要娶我。他根本就不喜歡我！我再也不要喜歡他了。」

蕭凱文反駁：「我哪有！當時的狀況妳又不是不知道，我不這樣講，以後她們還會再找妳麻煩，妳懂不懂啊。」

陳熙照扶額輕嘆，又默默自言自語：「唉，看來我已經沒戲了。」

何沐芸沉默了一會，又說：「白光裡有人在叫我。女生的聲音。」

蕭凱文一聽，擔心地問陳熙照：「該不會是鄭香桂吧？不會有危險吧？」

陳熙照搖頭，對何沐芸說：「去吧。」

何沐芸繼續往前走，走進白光裡。

＊＊＊

「哐啷！」

何沐芸先是聽到摔瓷器的聲音，接著眼前便出現一個坐在凳子上，大約八歲、綁著兩球包包頭的小女孩拿起桌上的茶杯往地上摔。

「哐啷！」地上的瓷杯碎片和茶水噴濺得到處都是。

何沐芸下意識就想伸雙臂擋住自己的臉，但她隨即發現她動不了。

她眼前是一個中式的廂房內部，一個站在門邊、綁著長辮的女人立即跪下，惶恐道：「對不起對不起，都是我不好。還請二小姐不要動氣，以免氣傷身子。」

小女孩年紀雖小，姿態卻擺很高，她斥責女人說：「我能不氣嗎？都已經侍候我們一年了，還分不清蘭兒和我！」

這時傳來另一個小女孩的聲音：「這有什麼好氣的呀？妹妹，妳以前不是什麼都要求和我一樣的，怎麼如今倒事事都要分清妳我？」

何沐芸心想：奇怪，明明只看到兩個人，怎麼會有第三個人的聲音。啊，我知道了，就是「蘭兒」！學長成功催眠了我，而且我也猜對了，我的前世就是鄭香蘭。既然現在是在回顧鄭香蘭的生前記憶，自然是用她的視角來看周圍環境，當然看不到她自己。現在正在發脾氣的「二小姐」應該就是雙胞胎妹妹——鄭香桂，而門口那個女人……看打扮應該是丫鬟吧。

鄭香桂轉而對鄭香蘭發怒：「別叫我妹妹！我們明明是同一晚出生的！我可沒把妳當姊姊。」

鄭香蘭好生好氣地哄道：「好好好，叫妳桂兒便是。別氣了，好嗎？」

此時另一個丫鬟提著一籃縫紉工具，領著兩個年約五十歲、各自捧著一盆水的婦人走進廂房，對她們說：「大小姐、二小姐——」

丫鬟話還沒說完，何沐芸便聽到鄭香蘭尖叫一聲，指著那個丫鬟說：「桂兒，妳看她手上的白布和針線！桂兒，我害怕……我不要再纏了……」她說到這便嗚咽哭了起來。

按照古代習俗，漢族富貴人家的女子或揚州瘦馬從五、六歲開始纏足。而且纏足並非一次就能完成，是待筋骨傷好後，再次折斷、重纏，再折斷、重纏，再折斷、重纏……如此這般反覆無數次，才能「凹折出」一雙符合當時畸形審美、手可盈握的金蓮。

何沐芸聽懂鄭香蘭的話，心裡萬分同情道：看起來應該是到了重纏腳的時候了。可憐的孩子。

鄭香桂的臉已經嚇白了，但是當她一回頭看到鄭香蘭哭，她的神情便由驚轉怒，轉身衝到門邊，將丫鬟的籃子和婦人們端的臉盆都打翻，朝她們吼道：「都給我滾出去！要纏不會纏妳們自己的腳嗎？」

這時正好有人從外面推門進來，那臉盆濺出的水不偏不倚地打溼了那個人的裙襬和一雙小巧的繡花鞋。

何沐芸見那個人是已婚婦女的打扮，正猜測她是誰時，她就忽然上前賞鄭香桂一記巴掌。那力道對於年紀尚幼的鄭香桂而言太大，她頓時被打得撲倒在地。

「娘！」鄭香蘭驚呼一聲。接著何沐芸從視線看出鄭香蘭急忙從椅上站起，往門邊的方向走去，似乎是想阻止鄭母。

鄭香蘭走得慢，何沐芸想控制她的身體讓她走快一點，但無奈就是控制不了。何沐芸這才意識到：大概因為這只是「回憶」，所以我只能被動地接受眼前的事物，無法控制鄭香蘭的身體。

鄭母怒斥被打傻的鄭香桂說：「如此胡鬧，成何體統！不裹足哪有大家閨秀的樣子？」

鄭香桂年紀雖小，卻格外堅強，她一滴眼淚也沒掉，只是摀著被打紅的臉龐，反駁道：「娘，您若沒有下人扶著，連走都無法走，如此模樣又有何用？」

鄭母橫眉豎目，雙拳握緊，氣道：「還頂嘴！」

她抬手正要再打鄭香桂時，鄭香蘭終於趕到門邊，及時抓住她的衣襬，勸阻道：「娘，不要再打桂兒了！」

這時另一個婦人邊撿起地上的臉盆，邊小聲對鄭母說：「夫人，方才我見二小姐行走自如，似乎……」她欲言又止，「似乎有些奇怪。」

女子一旦纏足，便是骨斷筋折，終身不良於行。但方才鄭香桂卻能「奔」至門口，因此婦人察覺有異。

鄭母連忙命丫鬟們脫下鄭香桂的鞋、襪一看，赫然驚覺雙腳完好，當即怒不可遏地邊打她邊罵：「好呀，妳！妳又偷拆裹腳布！又偷拆裹腳布！」

「娘，快住手！」鄭香蘭抱住鄭母的大腿，淚眼哀求道：「蘭兒求您了！別再打她了！」

鄭香桂被打疼了，忍不住哭了出來，對鄭母說：「您打死我好了！我寧死也不纏腳！實在太疼了！」

鄭母一聽，心軟停手，跪下來抱住桂兒說：「娘何嘗不知纏腳疼……」說到這，她自己也流下淚來，「但若妳將來因一雙大腳而嫁不出去，該如何是好？難道妳想自己一人孤老嗎？」

鄭香桂邊擦淚邊說：「若是因我腳大就看不上我，那種男人不嫁也罷。」

鄭母搖頭苦嘆：「唉，傻孩子，妳不懂……」

何沐芸看到這裡，對鄭香桂又是佩服，又是自嘆弗如，心想：鄭香桂小小年紀就有敢於對抗世俗的勇氣，而且還有獨立思考的能力。如果換做是我，恐怕也是像那時代的千萬女性一樣順從地被纏足，然後一生受盡苦楚。

接著何沐芸又為鄭香桂抱不平地想：這樣堅強勇敢的女孩，丈夫和夫家不懂得欣賞，還嫌棄她腳大；最後丈夫不只出軌，還殺了她！實在太可惡了！

何沐芸氣憤之際，一塊花花綠綠的布突然從她眼前晃過，接著眼前的環境再度轉換，變成了白天的戶外。

從視線中的景物來看，她應該是身處某座園林之中。前方不遠處，一群穿清朝古裝，大約國中到高中生年紀的少女們正聚在一起，看中間的女孩放風箏，畫面好比那《紅樓夢》裡的大觀園。何沐芸看那風箏的花色，正是方才晃過她眼前的東西。

從這些女孩的打扮和動作，何沐芸看得出有些是有錢人家的小姐，有些是侍候的丫鬟，但一眼望過去都眼生。直到中間放風箏的女孩轉頭對其他小姐說話時，何沐芸才認出她。她的臉與何沐芸現在的左臉長得極為相似，只不過眉宇間還有些稚氣，臉蛋尚有點嬰兒肥。

一個丫鬟邊拍手邊稱讚放風箏的女孩說：「二小姐好厲害啊！」

接著一個穿戴精緻的小姐也讚賞：「是啊，我長這麼大就沒見過有誰能像桂兒這般，能讓紙鳶轉彎轉得像魚兒般靈活的。」

何沐芸聽那些女孩這麼講，才真正肯定放風箏的是鄭香桂。同時，何沐芸想起在鄭家祖厝看到的相簿。裡面有一張照片是翻拍鄭香桂穿嫁衣的畫，那面容便是眼前的模樣。因此何沐芸猜測道：現在會不會就是鄭香桂出嫁前不久？

鄭香桂身旁另一個穿著講究的小姐轉身朝何沐芸的方向招手，喚道：「蘭兒，別光顧著看書，一起來看桂兒放紙鳶呀。書有什麼好看的呀。」

鄭香桂回頭看了鄭香蘭一眼，眼神明顯帶著鄙意，對同伴說：「算了吧，蘭兒就是個書蟲。再說，她的丫鬟去斟茶了，她一個人如何能從亭子走來我們這？」

其實鄭香蘭所在的涼亭離她們不遠，只是中間沒有牆壁或欄杆可扶，因此對於有纏足的她來說很難獨自走過去。

邀鄭香蘭過去的小姐正要吩咐自己的丫鬟去扶她，鄭香蘭便搖頭婉拒：「不了，妳們玩吧。」

另一個小姐嘆道：「唉，我們何嘗不是走路艱難？真羨慕桂兒沒裹足，行走這般自如，還能跑能跳，真好。」

從前何沐芸看清朝古裝劇裡那些千金小姐或宮中妃嬪由丫鬟攙扶行走，只覺得她們或矜高嬌雅、或雍容華貴。但此刻她只覺得她們無比悲涼可憐。因為裹小腳或穿花盆底鞋的她們，之所以要人攙扶，是因為她們不良於行，是真正的「舉步維艱」。

丫鬟又誇鄭香桂道：「我們二小姐不只行走靈巧，言談風趣，面容更是生得極美呢。」

其中一個小姐點頭同意：「是呀，桂兒與蘭兒都美得很，可惜蘭兒纖瘦了些，若是如桂兒這般珠圓玉潤，就更好了。」

另一個小姐也誇道：「是啊，桂兒這般絕色，將來肯定會是我們之中嫁得最好的。」

鄭香桂羞道：「妳們胡說什麼呢。」話雖如此，神情間卻流露出一股得意。

這時有個男人的聲音呼喚道：「蘭兒！」

鄭香蘭轉頭一看，一個模樣大約十八、十九歲的少年正朝她走來。她扶著石桌站起身，回他道：「哥不是正與好友們下棋喝茶嗎？怎麼突然來內院找蘭兒？」

何沐芸心道：鄭家這對雙胞胎只有一個哥哥——鄭康泰，這個男人應該就是他。

鄭康泰用扇子戳戳頭，有些尷尬地說：「這……我剛才向兄弟們誇口說：妳五歲就會打算盤，七歲就懂算帳，如今連店鋪的帳本都看得懂，時常幫我核帳。可他們怎麼都不信，所以只好……來請蘭兒妳去露一手，讓他們開開眼。」

鄭香蘭立刻拒絕道：「那怎麼行，我豈能隨意拋頭露面。這要是被爹娘知道了可——」

鄭康泰打斷她的話：「他們又不在家怎麼會知道。再說，這些兄弟都是從小和我一起長大的，知根知底，也不是陌生人。蘭兒，算為兄的拜託妳行嗎？妳只要出面打個算盤、應答個幾題就好，不會耽誤妳太多時間的。」

「這……」

兩人在談話之際，鄭香桂的同伴們一邊打量鄭康泰，一邊偷偷評頭論足。她們越說越熱烈，聲音也越來越大，話語時不時飄進鄭香蘭與鄭康泰耳裡。

一個小姐對鄭香桂說：「……桂兒，妳們的哥哥生得真俊。」

另一個小姐說：「不過若說到相貌，台北城最俊的恐怕還是『洪仰全』吧。」

鄭香蘭一聽，便以手帕掩嘴偷笑。鄭康泰則不悅地翻了圈白眼，對鄭香蘭說：「蘭兒，我們走。」說完便直接拉著她走。

鄭香桂身旁其中一個小姐說：「是呀，我有一回和娘親在城隍廟附近買布時見到洪仰全，實在俊得很呀。就不知哪家的姑娘有福、能獲得他的青睞。」

鄭香桂說：「此話當真？妳們說的『洪仰全』莫不是在大稻埕經營茶葉生意的洪家長子？我常聽我哥提起他。」

方才說見過他的小姐回：「是啊，就是他！那今日來妳家作客的朋友之中，會不會恰巧有他？」

鄭香桂一聽，將風箏丟給丫鬟，小跑步跟上鄭康泰和鄭香蘭說：「哥、蘭兒等等我！」

鄭香蘭只不過回頭看了鄭香桂一眼，再轉回時眼前的場景就變了。

＊＊＊

鄭府待客的前院裡，針對鄭康泰的朋友們出的考題，鄭香蘭透過心算便能一一答出，甚至連算盤都沒用著。不僅如此，有幾個朋友為了考驗她，刻意問她帳冊上常見的問題，她也是對答如流。只不過出於害羞，她始終微微低頭垂眼，不敢直視這些人。

鄭康泰毫不掩飾心中得意，仰頭對朋友們說：「如何？如今總算信我了吧！我早說了蘭兒和帳房先生一樣厲害。」

鄭香蘭淡然微笑：「哥哥謬讚了。」

其中一人抱拳對鄭康泰說：「泰兄，今日我算是心服口服了。令妹確實聰穎，而且……」

另一人接著稱讚：「而且面如出水芙蓉、美貌不可方物！不知我之後是否有幸能來拜會？」

或許是這人問得唐突，鄭香蘭抬頭一看的剎那，何沐芸便心中驚道：竟然就是洪仰全！

雖然此刻的洪仰全還是個略帶稚氣的少年，比鄭香桂之前給何沐芸看的畫面還要年輕許多，但輪廓差異不大，因此何沐芸馬上就認出他了。

鄭康泰正要開口，身旁忽然有個女孩從樹後跑出來，一臉慌張地不停用手拍打著衣裳。

鄭香蘭一看是鄭香桂，邊走向她邊關心道：「桂兒？妳怎麼啦？」

鄭香桂邊拍打衣衫邊直呼：「有蟲！有蟲！」

鄭康泰似乎見怪不怪，笑了笑便對朋友們介紹：「各位，蘭兒你們已經見過了，這位便是我的另一個雙胞胎妹妹——桂兒。」

鄭香桂原本躲在樹後偷聽，卻被爬到身上的蟲子給嚇得現身。她將蟲子拍掉後，一臉尷尬地看向鄭康泰的朋友們，禮貌地福了福身。

鄭康泰的其中一個朋友說：「泰兄，你的兩個妹妹個性一靜一動很是有趣。」

鄭香桂面有窘色地說：「讓各位見笑了。」

洪仰全回她：「哪來的話。是我們好福氣，有幸見到泰兄兩位花容月貌的妹妹。尤其是從樹後現身的桂兒小姐更是光彩照人，如林中仙子一般。」

鄭香桂眼神無畏地直視洪仰全，拱手謝道：「這位兄台謬讚了，兄台才是花容月貌呢。」

大伙頓時笑開了，鄭康泰的朋友們無一不誇讚鄭香桂言談風趣、舉止落落大方，方才尷尬的氣氛也一掃而空。

何沐芸心想：原來這對雙胞胎和洪仰全是這麼認識的。

鄭香蘭以手帕掩笑時，先是留意到低頭的鄭香桂神色嬌羞，接著便察覺到洪仰全投射過來的目光。

他看鄭香蘭的眼神是如此炙熱，讓何沐芸想起了楊建仁一開始追求自己時的熱情如火。

如今再次想到楊建仁，何沐芸已不再心痛，只是心想：不會吧……這狀況是……三角戀？

鄭香蘭與洪仰全四目相對時，似乎出於害羞，也低下頭看著手中的絲帕。當她再次抬頭，何沐芸察覺周圍景物變到了室內。

周圍擺設與小鄭香桂砸杯子、抗拒纏足的場景相似，因此何沐芸猜測道：是不是又回到一開始的廂房了？

何沐芸透過鄭香蘭的眼睛，看到方才放風箏年紀的鄭香桂，還有稍微老態一些的鄭母。

母女三人原本在喝茶吃點心，外頭忽然傳來一陣急促的腳步聲，接著一道人影出現在門外：「夫人、大小姐、二小姐！」

鄭香蘭說：「何事啊？」

門外的人說：「有媒婆上門提親啦！」

鄭母眼睛一亮，忙道：「進來說話。」

一個丫鬟打扮的年輕女孩才推門而入，鄭母便急問：「是哪家公子？向蘭兒還桂兒提親？」

丫鬟向母女三人拱手行禮後，才稟報：「是那迪化街經營布行的李家大少爺和開藥行的陳家二公子。據我所知，他們都與大少爺熟識。喔對了。」她瞥了一眼鄭香桂，有些畏縮地說：「兩家都……都是向大小姐提親。」

鄭香蘭捏了捏手帕，而鄭香桂則翻了圈白眼，臉沉了下來，明顯不悅。

「呿，李家那個大少爺不是瘸腳嗎？那可不行。不過陳家二少爺好，陳家生意做得可大了，平時我們兩家生意也有往來。」鄭母面帶微笑地問鄭香蘭，「妳可聽過這位陳二少爺？妳意下如何？」

鄭香蘭垂下視線，委婉地回鄭母：「蘭兒還想多陪伴爹娘幾年，不想那麼早出嫁。」

「哎唷，不早啦。」鄭母拍了拍她的手說，「早幾年我和妳們爹爹確實是捨不得妳們嫁，所以才婉拒了好幾樁婚事。但如今妳們都已經十七了，再不嫁就嫁不出去了。這婚事還是快些訂下來好，以免留來留去留成愁，日後妳們反過來怪娘。」

鄭香蘭急道：「才不會！」

接著又有一個丫鬟來報喜，站在遊廊上，隔著門就朝內喊：「大小姐，王家大公子也派媒婆來提親啦。」

鄭母命道：「進來再說！」

那個丫鬟一進來便對大小姐拱手賀喜：「恭喜大小姐！聽大少爺說，這王大少爺是他的好友，為人正派坦蕩。我瞧他長得俊，不輸我們大少爺呢。」

鄭香桂聞言，將手中的茶杯重重放在桌上，發出一聲悶響。鄭香蘭見狀，低下頭，手帕捏得更緊了。

鄭母瞥了她們一眼，又問丫鬟：「哪個王家？他們家是做什麼的？」

「回夫人：是經營南北貨的王家，在大稻埕有好幾家舖子呢。」

鄭母這才眉開眼笑：「這個好、這個好。王家祖上還是做官的呢。」她握住鄭香蘭的手說，「我們蘭兒自小文靜聰穎，如今這般知書達禮，將來肯定也是能持家的主母。受公子們傾慕也是理所當然。」

這時門外出現兩個人影，較高的人敲了幾下門說：「娘、妹妹，是我。」

「泰兒，快進來。」鄭母說。

鄭康泰與一個丫鬟一前一後進門，丫鬟立即稟告：「夫人，洪家也派媒婆來求親了！」

鄭康泰喜孜孜地說：「蘭兒，意下如何呀？這四位公子當中，可有一位滿意？」

鄭香蘭害羞地對鄭母說：「若是洪大少爺，那麼一切全憑爹娘做主。」

眾人一聽便聽懂了，鄭康泰糗鄭香蘭說：「聽妳的意思是同意囉？這麼快便答應，妳莫不是心悅我兄弟已久？」

「哥！」鄭香蘭羞得低頭，「你莫取笑蘭兒。」

鄭母笑道：「說起洪大少爺，我曾見過幾次。一表人才又風度翩翩，肯定很多女孩都傾慕吧。」

鄭香桂心裡藏不住事，當著大家的面就埋怨：「那日他們誇我好看、誇我風趣，怎麼如今都是來求娶蘭兒？一個個都是騙子！」她氣憤不平，竟拿桌上的點心丟鄭香蘭，「都怪妳、都怪妳！要是沒有妳，他們來提親的對象就是我了。不，不可以！我得去看看！」

「胡鬧！」鄭母拍桌、站起身，正要出言訓斥鄭香桂，鄭香桂便推開丫鬟們、衝了出去，留下眾人一臉錯愕。

何沐芸看到這裡，心道：洪大少爺應該就是洪仰全。雙胞胎姊妹都喜歡他，但他只喜歡鄭香蘭。哎，果然是三角戀啊！

＊＊＊

鄭香蘭與鄭母因纏足走得慢，待她們倆在奴婢的攙扶下，尾隨鄭香桂來到正廳時，廳內已一片混亂，而鄭香桂披頭散髮，正跪在鄭父面前大哭；下人們則全都一副不知所措的樣子。

鄭香蘭與鄭母互看一眼，兩人皆是一頭霧水。鄭母先開口詢問：「這是……怎麼回事？」

鄭父氣得甩袖，轉頭回鄭母：「桂兒方才把媒婆們都趕跑啦！」

鄭香桂哭求鄭父說：「爹爹，桂兒心悅洪大少爺，您就讓我嫁給他吧。」

鄭父試著與鄭香桂講理：「問題是人家求娶的是蘭兒，不是妳啊。」

「不、不……」鄭香桂邊搖頭邊落淚，「你們不是說，女孩子家就要圓潤豐盈，才有福態嗎？為何洪家上門求娶的不是我，而是弱不禁風的蘭兒？你們不是還誇我口齒伶俐、能言善道嗎？為何如今上門求娶的都是寡言的蘭兒，不是我？還有，大家不是總說我比蘭兒美嗎？」

也許是鄭母不忍心見平素好強的鄭香桂落淚，便上前欲扶起她：「先起來再說吧。地上涼。」

鄭香桂仍繼續哀泣：「這是為何？我明明才是和他最般配的，為何他最後選的是蘭兒？為何？」

鄭父氣得背對鄭香桂，連看都不願意看。鄭康泰則勸鄭香桂：「天涯何處無芳草？桂兒的好，自會有人欣賞，桂兒又何必急於一時、執著於同一個人？君子有成人之美——」

話說到一半，鄭香桂便打斷他，低聲說：「我可不是君子。」說完竟一把推開鄭母，發瘋似地衝向鄭香蘭。

鄭香蘭嚇呆了，一時竟不知閃躲，眼睜睜地看著鄭香桂伸雙臂朝自己奔來。鄭香桂毫不猶豫地掐住鄭香蘭的脖子，一旁的丫鬟趕緊就近拉住她的左手，她竟右手取下髮簪，要朝鄭香蘭喉嚨刺去！

幸好鄭康泰及時抓住了鄭香桂，其他下人們也反應過來，連忙上前搶走髮簪。

待鄭香桂被制住，鄭香蘭才回神。她語帶顫抖，既害怕又不解地問鄭香桂：「妳、妳……我們從小一起長大，妳居然為了他，要殺我？不過見過他一面，妳便如此情深？」

鄭香桂被兩個下人架住雙手，眼神狂亂凶狠地瞪著鄭香蘭說：「是又如何！妳不懂！我倆雖說是雙胞胎，可從小到大，大家就只誇妳聰穎，就連爹娘也特別栽培妳，哥也向來只與妳討論生意。我呢？說好聽點，是美人；說難聽點，就是大花瓶！如今妳連我心悅的男人都要搶走嗎？」

何沐芸心道：我終於知道為什麼鄭香桂要半夜掐我脖子了。除了讓我知道她是怎麼死的，也是因為出於嫉妒吧，畢竟建仁就是她愛的洪仰全。等等，之前建仁常半夜被我的左臉嚇醒，該不會就是鄭香桂吃醋，所以故意把他嚇走吧？

此時正廳內無外人，鄭香蘭對鄭香桂直言：「我從未想過與妳爭什麼。只是我……我也心悅洪大少爺啊……」

鄭母與鄭康泰搖頭嘆氣，鄭父則當機立斷道：「既然蘭兒心有所屬，我便決定應了洪家的親事。此事就這麼定了。另外，」鄭父指著鄭香桂，「在蘭兒出嫁之前，將桂兒關進書房，免得多生事端。」說完便甩袖而去。

＊＊＊

夜晚，房內結綵、處處貼著囍字。紅燭之下，鄭香蘭獨自一人坐在梳妝台前梳頭，腦中浮現鄭香桂哭著對自己說的那番話。

「……從小到大，大家就只誇妳聰穎，就連爹娘也特別栽培妳，哥也向來只與妳討論生意。我呢？說好聽點，是美人；說難聽點，就是大花瓶！如今妳連我心悅的男人都要搶走嗎？」

想到這，鄭香蘭打開桌上的珠寶匣，取出一支髮簪。她凝視了它一會，接著望向鏡中的自己，緩緩舉起髮簪。

何沐芸心中尖叫一聲，說：不要！千萬不要想不開啊！

鄭香蘭拿起髮簪就要往臉上刺，但或許是出於害怕，她的手懸在空中顫抖，始終下不去。

何沐芸心想：不對，她不是要自殺，而是要毀容！我的天啊。為什麼？看房間的擺設，應該是快要出嫁了啊。

鄭香蘭最後索性緊閉雙眼、不再看鏡。何沐芸只聽到她深吸一口氣，等到她再次睜開雙眼，鏡中一邊臉龐已血流如注。

鄭香蘭忍著劇痛，朝門外喊：「素素！」

門外馬上有丫鬟邊推門邊應道：「來了。小姐有何事吩咐？」

或許是這傷口太嚇人，鄭香蘭一見到鏡子便頭暈，還來不及再開口便眼前一黑，接著耳邊便傳來丫鬟的尖叫聲：「啊——大小姐！」

＊＊＊

場景一轉，眼前出現一個中式飯廳，鄭香蘭與父母、哥哥一同坐在圓桌邊，桌上擺滿豐盛精緻的佳餚，但看起來都還沒動過。

丫鬟為鄭母倒茶，鄭母喝了一口，說：「茶都涼了，再去重斟吧。」

鄭父忽然用力拍桌，「哼，都什麼時辰了，連個人影都沒見著。她心裡還有沒有娘家了？」

鄭母安撫鄭父：「別氣別氣。桂兒也許是夫家臨時有事，出發晚了。」

「不等了。」鄭父拿起筷子直接夾菜來吃，吃了一口又說，「從中午等到天黑。

就算有事，也早該讓人來通報一聲。桂兒鬧了這麼一齣戲，如她所願地嫁給洪家。出嫁之後便一點消息也沒有傳回來，替她辦的歸寧宴，她也不回。不孝女！」

一旁侍候、布菜的丫鬟小聲說：「會不會是因為大小姐的嫁衣於二小姐而言太緊？出嫁那日又匆促、來不及改，因此二小姐心生不滿？」

鄭父怒道：「她還有臉不滿？」

鄭母嘆了一口氣：「都已經如桂兒所願，讓她頂替蘭兒出嫁，她還有何不滿？唉，歸寧日不回門，實在是……」

鄭康泰說：「也許是桂兒心裡有愧，自知對不起蘭兒，不敢回娘家吧。」他看向一旁的鄭香蘭說，「蘭兒妳也真是的，婚姻大事，豈能相讓。妳竟為了成全桂兒，在出嫁前自毀面容！妳啊妳，糊塗啊！」

鄭香蘭身邊的丫鬟為她抱不平：「這怎麼能怪大小姐。大小姐向來心軟，若不是二小姐被關進書房後一天到晚尋死，大小姐又何必刻意選在出嫁前一晚毀去容貌，讓洪家為了顏面，無法臨時取消迎親，只得改迎二小姐入門。」

鄭香蘭制止丫鬟說：「好了素素。別再說了。」

鄭父沉聲道：「很好。既然不想回來，以後逢年過節也不必回來了。我就當沒生過這個女兒。你們聽好了，從今以後，誰要是與洪家那位少夫人來往，我便差人打斷他的腿！」

何沐芸心想：對上了。之前去鄭家宗祠時，鄭家人曾經說過，鄭香桂嫁到洪家以後就與鄭家斷絕往來。就是因為這個緣故，所以鄭香桂被謀殺、由妓女頂替身分後，也無外人察覺、揭發真相。唉，鄭香桂當初頂替鄭香蘭嫁給心上人，之後又被妓女給頂替，不知道這算不算是報應。

何沐芸思考之際，鄭香蘭忽開口說：「爹娘，這幾日因面上的傷，請了好幾個大夫來看。但是大夫們出於禮教，都不願意靠近察看。不知是否之後能請位女大夫來為我治病？」

鄭母啼笑皆非道：「要是有女大夫，早請過來了。」

鄭香蘭說：「我們這的名醫皆為男子，女子想求醫都不太方便。若是我學醫，將來就能醫治其他女子了。」

鄭康泰笑道：「妳要是當了醫婆子，將來誰還敢娶妳啊。」

鄭香蘭垂下視線：「反正我如今的樣子，也無人敢娶了。」

鄭父嚴厲喝道：「胡鬧。行醫免不了拋頭露面，到時候妳名聲還要不要了？我不准。這事沒得商量！」

第十八章　向城隍祈願

黑暗之中，先是一陣鞭炮聲響起，緊接著耳邊便傳來女人的聲音：「大小姐、大小姐！」

鄭香蘭一睜眼，就看見穿棉襖的丫鬟素素撥開床邊錦帳，探頭進來說：「大小姐，該起來了。」

鄭香蘭一下床，丫鬟素素便主動服侍她盥洗、更衣。當素素幫她盤髮、戴首飾時，她問素素：「今日是初六，對嗎？」

素素說：「是啊。一大清早街上好幾戶人家就在放鞭炮、慶開工呢。」

鄭香蘭看向鏡中的自己，臉上的傷已變成一道粗如蚯蚓的疤。她面容哀戚，似乎隨時都會哭出來。

何沐芸以為鄭香蘭是因傷疤醜陋而難過，便在心中安慰她：這還可以修復的，只要——啊不對，現在還在清朝！唉，那可能真的無能為力了。

沒想到鄭香蘭想的是別的事。她對素素說：「桂兒今年過年也沒回來。」

素素皺眉嘟嘴道：「都這麼多年了，大小姐還提她做什麼？想到她我就氣！大小姐那麼美，要不是她，大小姐才不會……她最好永遠別回來！哼，她現在那麼瘦，在夫家肯定不好過。真是惡有惡報。」

「妳說什麼？妳何時見過她？」

素素一臉慌亂，顯然是不小心說溜嘴。鄭香蘭催促道：「快說啊。」

素素說：「前幾日出門辦事時，遇到王家的丫鬟們。聽她們說，她們經過洪家時，聽到洪家的門僕喊：『恭迎大少夫人！』

結果妳猜怎麼著，從轎子裡出來的正是二小姐！但奇怪的是，二小姐很瘦，甚至比出嫁前還瘦。大家都知道洪家有兩個長孫，二小姐生過兩個孩子還那麼瘦，那豈不是代表在夫家過得不好？」

鄭香蘭想了想，說：「會不會是王家的丫鬟們記錯了？桂兒未出嫁前，她們也只陪她們家小姐來過我們家玩幾次。」

「我初時也是這樣想。但她們說：二小姐那麼好看的人，她們過目難忘。而且她們當時離轎子離得很近，所以看得一清二楚，也不會看錯。不過有一點很奇怪。」

「什麼？」

「她們說：二小姐的腳變小了許多，落轎、走路都要人攙扶。我想啊，二小姐一定是因為腳大被夫家嫌棄，所以才去裹小腳。」

鄭香蘭著急道：「那豈不疼死了？我五歲開始裹小腳，便已不良於行，且每到雨天便疼得死去活來。她這個年紀才裹小腳，萬一傷及筋骨，日後無法行走，該如何是好？不行，我得去見見桂兒。素素幫我備筆墨，我要寫拜帖給洪家。」

素素急回：「那怎麼行！大小姐您忘了，老爺不准我們與洪家往來的。」

鄭香蘭說：「到時候妳親自去送拜帖，別讓旁人看到了。喔對了，我要再寫一封信給桂兒。妳要是有機會進到洪家、遇到桂兒的丫鬟，再請她們轉交給桂兒。」

＊＊＊

房門外一陣敲門聲，素素的聲音傳了進來：「大小姐、大小姐，我回來了。」

鄭香蘭放下手上的書，扶桌站起身，說：「素素，快快進來。」

素素一入內，鄭香蘭便著急地問：「如何？見到桂兒了嗎？」

素素並未馬上回答，她轉身關門前特別看向遊廊兩側，似乎是確定外頭無人，才向鄭香蘭稟告：「大小姐，拜帖被洪家拒了。洪家的門房說：大少夫人患了眼疾不便出門，也不便見客。」說到這，她叉腰不滿道：「尤其是『窮親戚』！」

「什麼！這絕無可能是桂兒的意思！還有，他們請大夫幫桂兒看過了嗎？」

「大小姐，這我怎能知道呢。」

「那麼我請妳轉交給桂兒的信呢？」

素素搖搖頭，將拜帖和信一併交還給鄭香蘭，「我連洪家的門都沒踏進去，就被打發出來了。」她頓了一下又說：「大小姐，這事您可千萬別去拜託老爺、夫人或大少爺啊。這幾年不見二小姐，不只是老爺，就連夫人和大少爺也早已寒了心。您向他們提起此事，恐怕會挨罵。」

鄭香蘭垂下視線，既失落又惆悵地：「難道……我此生再也見不到桂兒了？」

素素說：「唉呀大小姐，都這麼多年過去了，您就別再記掛二小姐了吧。喔對了，我還有一事要報！李家大公子又派人來提親了！」

鄭香蘭立即抬眼驚愕道：「提親？何時的事？竟無人通知我。」

幾年前，鄭康泰曾帶著鄭香蘭向朋友們展示她算帳的長才，朋友們自此對她印象深刻、心生愛慕；尤其是李大公子更是對鄭香蘭一見鍾情，當下便第一個出言讚美她，因此她是知道李大公子的。不過當日院內初見，她因羞怯，始終不敢正眼看兄長的朋友，因此對他們並無太多印象。唯有言詞唐突的洪仰全，才惹得她抬眼正視。正因如此，她只注意到洪仰全一人，並對一表人才的他萌生好感。

那次院內一聚後，李家雖然是第一個派人上鄭家提親，卻因天生腿疾，在鄭老爺和夫人那關便已被淘汰。而鄭香蘭對李大公子印象不深，又只對洪仰全有好感，自然也無異議。

素素答道：「您當然不曉得啦。聽說李大公子瘸腳，老爺和夫人可嫌棄了。所以方才老爺一聽又是李家上門求娶，想都沒想就婉拒了。不過李大公子瘸是瘸，可長得還比那個洪大公子好看呢！當年他來府上，就連見識多的帳房先生也私下誇他俊呢。我們還偷偷畫了他的小像。我猜呀，興許是因為他瘸腳，不愛出門溜噠，街坊鄰居才不知道他俊俏吧。」

鄭香蘭面色平淡，想都不想便說：「既然如此，那麼爹娘替我拒了也是好事。他相貌堂堂，如今的我……如何配得上……」

素素說：「怎麼會呢！大小姐，我聽說李大公子當年被老爺婉拒後，也不曾向他家姑娘提親。就算知道了您後來的事，他還是再次派人來求娶。我想他對您應該是真心的吧。既然是真心的，又怎麼會在乎長相呢？我覺得吧，他雖然瘸腳，但是家裡挺有錢的，大小姐要是嫁過去，肯定是不會吃苦的。而且我還聽說他時常接濟窮人，大概也和大小姐一樣心善。您不知道，老爺方才拒絕李家的媒婆時，大少爺還直說可惜呢。」

鄭香蘭皺起眉頭，有些不悅道：「妳怎麼當起說客來了？莫非收了李家的錢？」

素素忙擺手否認：「我沒有！我哪敢啊！我就是擔心大小姐……想要大小姐也有個歸宿罷了。我是真心覺得李大公子一點也不差。大小姐您等等，我去拿樣東西給您瞧瞧。」說完人便快步走出廂房。

素素再回來時，手上多了一張粗棉紙畫的小像。她雙手將小像恭敬地遞給鄭香蘭：「大小姐您瞧。大家都誇我畫得最好、最像。珠珠和阿月她們還給我五文錢，要我畫給她們呢。您說這李大公子是不是長得俊？我可沒有騙您呀。」

鄭香蘭接過來一看，筆墨精描勾勒出的一張俊顏栩栩如生、躍然紙上，看得出極費心思。

何沐芸頓時心中驚道：「這不是阿凱嗎！」

畫中的李大公子五官極似蕭凱文，只是輪廓較瘦，神情也有些憂鬱。

相較於何沐芸的震驚，鄭香蘭神色如常地說：「確實畫得極好。素素畫功精進不少。」

素素略屈膝福了福身，應道：「不敢當、不敢當，是大小姐教得好。」接著又試探道：「大小姐不覺得老爺拒了這樁婚事有點可惜嗎？」

「不覺得。」鄭香蘭將小像還給素素。

「喔。」素素接過來，又說，「大小姐還是嫌棄他瘸腿？」

鄭香蘭苦笑道：「自然不是。」她低頭看向她那雙不自然的小腳，「我自己便是腿疾之人，又有何顏面輕視他人？不過是不想嫁人罷了。」

「大小姐……」素素想安慰她幾句，但又不知該說什麼較好。最終也只能低頭嘆氣。

＊＊＊

場景一轉，鄭香蘭在素素的攙扶下，走下轎子。

天光正亮，兩人緩緩往廟門走時，聽到兩個拿著香和供品的男人正在說話。

「……我跑船不容易。回港以後，便直接去了涼州街，想放鬆一下，沒想到薇薇竟然失蹤了。」

「我的老天！她都失蹤多少年了，你如今才發現。但也不怪你，你這趟出海真的去了好多年。」

「可不是嘛。欸，你說，薇薇她會不會不願再待在妓院，又無人花錢替她贖身，所以才？」

「真要說的話，她想消失那是易如反掌啊。」

「你跟我想到一塊去了。薇薇之所以出名，不正是因為她的『變臉』絕技嗎？她易容成那些戲館子名旦，都能維妙維肖。她身材又瘦，若是扮成奴婢，在恩客幫忙下伺機脫逃也是可能的事。」

這時素素低聲對鄭香蘭說：「我聽人說，這個薇薇是涼州街的名妓。洪家那個大少爺以前可是她的座上賓呢。不知道她的失蹤與洪家大少爺有無關係。」

鄭香蘭小聲說：「這裡人多，慎言。」

兩人跨過廟門檻，何沐芸光看正殿前的牌匾和木聯，就知道這裡是霞海城隍廟。

鄭香蘭入殿後，在神壇前跪下，素素隨即拿三柱香給她。白煙冉冉升起，鄭香蘭與殿內的其他信眾一樣，手掐線香，在心裡默默向城隍爺祈求。

「……請求城隍爺保佑桂兒的病可以早日好轉、平安康健。若有來生，請您保佑我能行醫，讓我有機會醫治女子，並且能治好所有面容殘缺之人。還有，請您保佑我能再見到桂兒。」

她拜了三拜，由素素扶起身的時候，忽然聽到一陣清脆的鈴聲。

＊＊＊

何沐芸醒來時，人又回到陳熙照家的客廳。她看了一眼牆上的時鐘，距離她被催眠才過了半小時。

雖然她只回顧鄭香蘭生前的幾個片段，卻感到恍如隔世。一時間百感交集，靜默不語。

陳熙照拿了杯溫水給她。她喝了一口，才將方才所見徐徐道來。

第十九章　鏡子分魂

陳熙照分析道：「結果和我們猜測的八九不離十。鄭香桂死後，薇薇易容、冒充她、成為洪仰全的正房，所以後來王家的丫鬟看見的『鄭香桂』，才會身形和腳型都變得不一樣。」

何沐芸補充：「鄭香桂死時，兩個孩子都還小，對母親的記憶也不多、不深刻。所以薇薇易容之後，孩子們可能也看不出問題。她就以母親的身分將他們養大。」

蕭凱文說：「還有，洪家對外宣稱鄭香桂患眼疾、不願見人，又刻意侮辱鄭家的人，讓鄭家上下不願與她聯繫，所以沒有熟人有機會察覺有異。」

陳熙照說：「謎團終於完全解開了。沒想到洪家可以將這件事瞞天過海這麼久。」

何沐芸輕嘆：「不過，洪仰全和薇薇也得了報應。薇薇頂替鄭香桂、成為正房後不到兩年，洪仰全就去世。而薇薇往後數十年的餘生都必須戴著鄭香桂的面具，扮演鄭香桂、以她的身分活下去。」

這時陳熙照忽然說：「其實……鄭香桂現在還在何沐芸身上，沒有離開。」

蕭凱文一聽，滿臉怒容地對何沐芸的左臉說：「喂，妳怎麼這麼陰魂不散啊！鄭香蘭到底是欠妳什麼，妳要這輩子再來糾纏她？鄭香蘭為了成全妳，不惜毀容、終身未嫁。都已經為妳做了那麼多，妳還有什麼不滿？妳到底還想要怎麼樣？」

何沐芸的左眼突然流下眼淚，左邊嘴角微微抽起，喃喃道：「鏡……」

「啊！對了！」陳熙照一打響指，「聽她這麼一說，我才想到：可以用鏡子分魂。你們在這等我一下。」

他走到沙發後，面對看似是線板裝飾的牆，輕輕一推，打開一道暗門，隨即閃身入內。

蕭凱文訝異地說：「那裡竟然也有一扇門。」

蕭凱文才彎腰從茶几上的面紙盒抽出幾張要給何沐芸擦眼淚，陳熙照就從暗門走出來了。

他手上多了一個有些破損的陳舊方盒，盒上有水果刀、打火機、幾張黃色符紙和帶柄的黑色手拿鏡。

方盒高、寬各兩拳，長度約一臂長。蕭凱文有些好奇地湊過去打量：「這盒子裡面裝什麼？」

「你猜。」陳熙照將東西悉數放在茶几上，再將方盒的蓋子掀起，裡面裝著一對帶燭針的銅燭台，還有一個黑色帶弧度的圓錐體；上頭有著一環一環的凹凸節理。

蕭凱文猜道：「這好像是某種動物的角？」

「沒錯。」陳熙照說，「水牛角。」

「哇，好酷喔。」蕭凱文想伸手去摸，被陳熙照拍開，便不悅地小聲埋怨，「小氣。」

「你們聽過『犀照』嗎？犀牛的犀。」陳熙照將其中一盞燭台放在茶几上，再拿水果刀削下一小塊水牛角。

何沐芸和蕭凱文皆搖頭。陳熙照將那塊水牛角插在燭針上，繼續說：「犀牛角燃燒的煙是一種媒介，可以通陰陽或鎮煞。所以古代有傳說：點燃犀牛角，就可以看見陰曹地府。」他拿起一張符紙，將水牛角包起來，「犀牛角的煙搭配法術還能將魂分離出來，再用鏡子或裝水的容器存放離魂。不過犀牛稀有，犀牛角更是不可能買到。所以道士一般用靈性較高的水牛或黃牛角來替代。」

說明完後，陳熙照一手拿起打火機，一手拿起鏡子，問何沐芸說：「準備好分魂了嗎？」

蕭凱文緊張道：「有危險嗎？」

「放心吧。」陳熙照說。

坐在沙發上的何沐芸點點頭，正襟危坐。

陳熙照用打火機點燃水牛角和符紙，再將鏡子橫放在燭台上方，鏡面朝下。水牛角與符燃燒的煙冉冉升起，初時觸碰到鏡面時會朝外散開，但接著便直接飄進「鏡裡」，很是奇異。

「好了。」陳熙照將鏡子轉九十度，鏡面朝向何沐芸。

何沐芸看向鏡中人的剎那，左眼便不再流淚。然而，鏡中出現的卻不是何沐芸，而是與她相像、穿著古裝、披頭散髮的鄭香桂。

此時鄭香桂淚流滿面，嘴巴被一團黑霧遮住。

何沐芸先是震驚地瞠目，接著反倒有種鬆一口氣的感覺。回顧了鄭香蘭的生前片段，她已不像之前那般害怕鄭香桂了。

何沐芸很快就鎮定下來，對鏡中的鄭香桂說：「我們現在總算可以好好地面對面說話了。」

陳熙照皺起眉頭，對何沐芸說：「鄭香桂的屍體應該是下葬前被人動了手腳，所以沒辦法開口說話。妳儘量用是非題的方式問，她就能用點頭或搖頭的方式回答。」

何沐芸先在腦中組織了一下問題，才開口對鄭香桂說：「妳很嫉妒鄭香蘭、恨鄭香蘭吧？就算她已經投胎轉世變成這一世的我，妳也還是放不下。當妳找上我，看到我和洪仰全轉世的楊建仁在一起，應該就更恨了。所以才會掐我脖子。

妳是不是認為：要不是鄭香蘭自作主張地毀容，妳就不必替她代嫁，婚後也不會被丈夫背叛和殺害，更不會與孩子從此天人永隔？」

鏡中的鄭香桂先是點頭，接著又搖頭。

蕭凱文忍不住插話，對鄭香桂大聲質問：「不然妳到底想要怎麼樣？」

鄭香桂沒有說話，只是眼睛直勾勾地看著何沐芸。

陳熙照想了一下，再問鄭香桂：「洪家是不是把洪仰全和薇薇、妳葬在一起，但妳不想要薇薇與你們夫妻葬在一起？」

鄭香桂搖頭，隨即消失，鏡中出現山上一處連墓碑都沒有、雜草叢生的荒墳。

蕭凱文猜測道：「妳是想告訴我們：妳是被人偷偷、草草埋葬的？」

鏡中畫面轉黑，接著鄭香桂再次出現，並點頭回應蕭凱文的問題。

蕭凱文又問她：「所以？妳是想和洪仰全葬在一起？」

鄭香桂搖頭，還是看向何沐芸。

何沐芸問她：「妳是想和鄭香蘭葬在一起？」

鄭香桂又搖頭。

何沐芸偏著頭想了一會，再問她：「是不是想要我幫妳報仇或揭開真相？」

蕭凱文說：「怎麼可能啊。都已經過了兩百年，人都死光了怎麼報仇？就算說出當年真相，又有誰會信？」

鄭香桂還是直搖頭。她想說點什麼，但頂多只能發出幾聲模糊悶音，讓人猜不出何意。

然而，何沐芸卻突然想通了。她問鄭香桂：「是不是我知道真相就夠了？妳只是想讓我知道：對外聲稱患眼疾，不願意見鄭家的人、收鄭家的信的大少夫人不是妳，而是假扮成妳的薇薇。對嗎？」

鄭香桂終於點頭。

何沐芸又猜：「妳也希望我知道：當年妳出嫁以後，是出於愧疚，才不敢回鄭家看家人？」

鄭香桂點頭的同時，再度落下眼淚。

何沐芸心想：她嫉妒鄭香蘭、恨鄭香蘭，但也許並不是真的恨。她應該知道鄭香蘭一直都很愛護她。

何沐芸告訴鄭香桂：「有件事妳可能不知道。我在回顧前世記憶的時候，發現鄭香蘭很羨慕妳的外向活潑和能言善道。她很小的時候就意識到自己不如妳討人喜歡，所以才更刻苦讀書練字，更加謹言慎行。妳知道嗎，妳在她心裡，一直都是珍貴又耀眼的存在。」

鄭香桂一聽，當即愣住。她先是破涕為笑，接著又開始流淚，又哭又笑之際，身影就消失了。

或許是鄭香桂終於了卻心願、放下前塵離去，鏡子隨即恢復正常，鏡面變成何沐芸的倒影。不只如此，不論是鏡中還是鏡外，何沐芸的臉都恢復正常了。

第二十章　再次相遇

幾天後，聖齊奧整形外科診所內，何沐芸敲了敲蘇院長辦公室的門。

「進來吧。」門內的蘇院長說。

何沐芸一進辦公室，正在看電腦螢幕的蘇院長就對她比了比手勢，要她在電腦桌對面坐下。

「院長，找我有什麼事嗎？」

何沐芸坐定後，蘇院長的視線才從電腦螢幕轉移到她臉上。他上半身前傾，對她說：「我看了妳昨天寄的email了。妳想以後專門做修復手術，替那些整形失敗的病人修復部位。」

「對。」何沐芸補充道：「不只是整形失敗，還有其他刀傷、穿刺傷等不同種類的疤痕修復。」

「為什麼？修復比整形還要難好幾倍，但是收費頂多是一般整形的兩倍。要是修復失敗，有可能會面臨醫療疏失的官司，妳『零失敗』的紀錄也無法再保持。為什麼要冒這個風險？是因為現在的手術對妳來說不夠有挑戰性嗎？」

何沐芸說：「不是的。我只是覺得整形醫生很多、不缺我一個，但專門從事修復、重建的醫生卻很少。而那些顏面受創的人明明才是真正需要治療的人。

還有，現在醫療儀器越來越先進，透過微創手術進行縫合，不只成功率增加，術後復原速度加快，後續發炎或產生後遺症的機率也大幅降低。所以以後就算是專門進行修復手術，我也有信心繼續保持零失敗的紀錄。」她頓了一下又說：「說到這個，還得感謝院長。」

「我？」

「謝謝你當初把我從醫院挖過來。我在醫院的時候，因為工作時間太長、壓力太大，從醫的熱情都快被消磨殆盡。來診所以後才終於可以兼顧生活，也才有時間思考自己想當什麼樣的醫生。我最近想起以前曾經許過一個願望：是想成為幫助顱顏嚴重受損病患的醫生。而這才是我以後要做的事。」

蘇院長並不知道她說的「以前」指的是上輩子鄭香蘭破相後向城隍許的願，只是因她的一番話而有些感動。從醫的人多多少少都抱有濟世救人的初衷。只是這份初衷會隨著現實和時間慢慢變淡或扭曲。

他心想：沒想到何沐芸到現在還能不忘初衷。真不知道該罵她蠢還是佩服她。

何沐芸又說：「所以，院長，如果你也同意讓我以後專門做修復的話，就可以開始詢價囉。」

蘇院長一個回神，驚道：「詢什麼價？又要買什麼？」

「當然是微創手術相關的儀器啊。工欲善其事，必先利其器嘛。」何沐芸一臉理所當然。

「說得簡單。妳知道那些儀器有多貴嗎？」

「那是我該擔心的事嗎？」

蘇院長看她睜著大眼，一臉無辜，氣都生不起來，只好對她擺擺手：「我再考慮考慮，妳先出去吧。」

＊＊＊

中午時段，診所只有內部員工。櫃檯內，護理師薛婷婷和其他諮詢師正各自吃著便當。

薛婷婷吃到一半，便傳LINE訊息問蕭凱文：「Kevin哥中午吃什麼啊？」

她才放下手機，便響起一聲LINE的訊息提醒音。她眼睛因欣喜而一亮，立刻又拿起手機，點開LINE來看。

豈料蕭凱文傳來的卻是：「婷婷，不要再浪費時間傳訊息給我，我有喜歡的人了。就算追不到她，我也不會喜歡妳。我知道我很帥，如果妳還是想給我睡，請乖乖排隊。第1091號。」

蕭凱文拒絕得過於直接和白目，婷婷瞪大眼睛罵道：「什麼啊！你以為你是誰啊，還發號碼牌！」

身旁的諮詢師關心道：「怎麼啦？」

薛婷婷個性直率，藏不住心事，立刻轉頭對諮詢師訴苦：「我被Kevin哥拒絕了啦。」

另一個諮詢師安慰她：「算了啦。Kevin一看就是玩咖，還是少來往比較好。」

薛婷婷越想越生氣、越難過，飯也吃不下去，索性把便當蓋上，對諮詢師們說：「我去上個廁所。」

曾麗菲醫生這時正好從櫃檯後方的走廊走到大廳，將她們的話一字不漏地聽進去。她眼珠轉了一圈，便也跟著薛婷婷往女廁走。

曾麗菲一進女廁，就看到薛婷婷正在擦眼淚。薛婷婷被她嚇了一跳，急忙轉身背對她。

曾麗菲慢慢走到梳妝台前，邊洗手邊問薛婷婷：「聽說妳被那個廠商業務Kevin拒絕了？」

薛婷婷聽了更火大，心想：到底是哪個大嘴巴說出去的啊？

她想回敬曾麗菲一句「干妳屁事」，但最終還是忍住，只透過擤鼻涕的方式默默出氣。

曾麗菲一邊整理妝髮，一邊說：「妳應該聽說過Kevin和何沐芸是青梅竹馬吧。我越想就越覺得Kevin可能喜歡何沐芸。至於何沐芸呢，不喜歡他又故意釣著他。他一直這樣被她釣著，又怎會再看上別人。畢竟說到長相，也沒幾個人比她好看。」說到這，她轉頭看了一眼薛婷婷：「我說話直，妳不會介意吧。」

薛婷婷忍無可忍，握緊衛生紙朝她大吼：「我介意！我介意得要死！」吼得曾麗菲一時傻住。

薛婷婷繼續連珠炮：「妳當我傻子啊！妳跟我說這些，不就是想勾起我的嫉妒心去討厭何醫生、去傷害何醫生嗎？我告訴妳，我才不會為了一個男人去討厭其他女人，尤其是平常對我們都很好的何醫生！」

曾麗菲眼看自己的企圖被看穿了，有些尷尬地撥了撥頭髮：「那麼激動幹嘛？妳想太多了，我根本沒那個意思。」

「妳就是這個意思！可惜妳挑撥離間失敗了！我告訴妳，時代已經變了，以前那種『好幾個女人為了一個男人勾心鬥角』的鄉土劇情節已經過時了。我才不會被妳牽著鼻子走！」薛婷婷一口氣罵完以後，將衛生紙團丟進垃圾桶裡，離開女廁前又對曾麗菲說，「曾醫生，我真不明白妳為什麼那麼討厭何醫生，凡事都要跟她比高下。」

＊＊＊

夜晚，診所櫃檯送走最後一個病人後，護理師、諮詢師們紛紛拿起酒精和抹布開始擦拭起接待區桌椅。

何沐芸一如往常地收拾好自己的個人物品，背起肩背包，離開個人辦公室，經過接待廳時向同事們說再見，在玻璃門邊感應門禁卡後才走出診所。

沒想到她還沒走到電梯大廳，就撞見楊建仁和曾麗菲正在走廊上討論晚餐要吃什麼。

曾麗菲說：「……不要吃牛排啦。我都那麼胖了，還是吃清淡一點好了。」

楊建仁說：「怎麼會。妳身材那麼好，哪裡胖。」

他們兩人明明都看見何沐芸從診所走出來，卻毫不避諱地打情罵俏。何沐芸覺得楊建仁是故意在她面前追曾麗菲，而曾麗菲更是故意讓她看到自己被她前男友追。

剎那間，何沐芸呆愣在地。並不是因為吃醋、傷心或是憤怒，而是忽然想起以前和楊建仁同居時，她曾見過他大腿上的胎記。

那個胎記就是前世被鄭香桂髮簪刺的位置吧。他果然就是洪仰全轉世。那麼曾麗菲會不會也是誰的轉世？

順著這個思路，她終於想起來了。

曾麗菲是她的病人，她在幾年前曾經幫她整過幾次形。而曾麗菲整形前的臉與妓女薇薇一模一樣！

曾麗菲注意到何沐芸一臉錯愕，還以為是因為看到楊建仁追求她而受到打擊，便有些得意地笑了起來。

打從曾麗菲見到何沐芸的第一眼，就沒來由地討厭她。即便何沐芸幫自己整形成一個大美人，這種厭惡感始終未曾減輕。她就是見不得何沐芸好，只要何沐芸難過受挫，她就會莫名高興愉悅。

何沐芸看到曾麗菲得意的表情，忽然為她感到難過。何沐芸心想：也許曾麗菲這輩子都不會意識到：自己這一世也是戴著一張面具活著。

何沐芸低下頭，快步從他們身邊走過。

當她抵達電梯大廳時，其中一台電梯正好在樓上。她才按向下鈕沒幾秒，電梯就到了。

門打開了。她獨自踏進電梯裡，轉身時正好看見曾麗菲與楊建仁面對面說話。

她心想：這樣也好。但願這一世，所有人的結局都會不一樣。所有人都能各自安好，不去傷害別人。

＊＊＊

一小時後，靠近台北１０１的某條巷弄裡，何沐芸正在日式居酒屋內與蕭凱文、陳熙照暢聊。

他們坐的位置靠窗，轉頭就能看見黑夜中時不時變換燈光的１０１大樓。

蕭凱文和陳熙照都坐何沐芸對面，陳熙照在幫三人添玄米茶時，蕭凱文盯著何沐芸的左臉說：「真的變正常了耶。現在想想都還覺得好不可思議。」

陳熙照放下茶壺：「對啊。現在左、右臉終於對稱了。」

何沐芸淡淡一笑，心想：那是你們看不出來。

身為整形外科醫生，她對於面部的敏銳度比他們高太多了。她看得出自己和他們左、右臉的差異。但這種輕微的不對稱是很正常的，幾乎每個人都是如此，因此她也不是很在乎。

隔壁桌的客人突然指著窗外的１０１說：「欸！有人在用１０１告白！」

店內不少客人聞聲都轉過去看，１０１大樓運用燈光排列出「ＸＸＸ我愛你」六個大字。

蕭凱文不屑地說：「呿，老套。」

何沐芸說：「會嗎？我覺得很勇敢啊。」

陳熙照忽然指著馬路對面說：「沐芸，妳看！」

何沐芸隨即注意到一對長相相似的女孩正站在對面人行道上等綠燈，隨即想起了前世的鄭香蘭和鄭香桂，還有她們和洪仰全在庭院裡初見時的景象。

她若有所思地說：「我想到了另一個可能。」

蕭凱文和陳熙照一頭霧水：「什麼？」

「鄭香桂之所以故意作怪，害我左臉失控，把建仁嚇走。除了妒忌我們兩個在一起，還有另外一個可能：她知道洪仰全的為人，害怕鄭香蘭轉世的我，如果真的和他結婚，婚後會不幸，所以才用這樣的方式害我們分手吧。」

蕭凱文點點頭，認為頗有道理。

陳熙照關心道：「經歷了這些事，妳現在還會因為和楊建仁分手而難過嗎？」

何沐芸搖搖頭，笑說：「我忽然覺得很慶幸，有種逃過一劫的感覺。」

她說完再次轉頭去看窗外那對雙胞胎。她們過馬路時，互相伸出手牽住對方。

何沐芸忽然想起鄭香蘭在城隍廟許願時，曾說希望還能再見鄭香桂一面。

也許鄭香桂這一世找上她，也是城隍爺的安排吧。

「沐芸。」陳熙照忽然喚她。

「嗯？」

「妳真的覺得用１０１告白不會太老套？」

「不會啊。怎麼了嗎？」

陳熙照還來不及回答，蕭凱文就邊折手指邊說：「想幹嘛？你還沒死心啊！」

「你管我。」

「我就管。怎麼樣！」

何沐芸看著坐對面的兩個男人鬥起嘴來，再次笑了起來。

她看得出他們對自己有好感，而自己經過催眠回首前世後，對蕭凱文本就有的淡淡情愫也因此變得更濃了。但現在的她暫時還不想談戀愛，也不想那麼快就告訴蕭凱文自己的心意。既然和楊建仁分手了，就再享受一下單身生活吧。

再說，時代變了。什麼結不結婚的都隨緣吧，反正愛情也不是人生的全部。

她轉身仰頭看向１０１大樓，對自己說：這一世，我要以自己喜歡的方式和步調活下去，為自己而活。

（全文完）

番外篇

半年後。

一個夏季的週末午後，大稻埕老街上熙熙攘攘，人們在一間間充滿歷史記憶的老店前穿梭或拍照。

何沐芸與蕭凱文從霞海城隍廟走了出來。他趁她四處張望時，偷偷將紅線收進褲子口袋。方才她在正殿答謝城隍爺了卻前世宿願時，一旁的蕭凱文趁機拜了月老，祈求自己能和何沐芸締結良緣、永結同心。

何沐芸指向北方，對蕭凱文說：「往那邊走。」

「接下來要去哪啊？」

「快要日落了，我想到碼頭那邊拍夕陽。」

兩人一同沿著廟外迪化街往北走沒多久，蕭凱文突然皺了皺眉，放慢腳步、環顧起四周。

「怎麼了?有看到想買的東西?」

「沒有。就只是……」蕭凱文撥了撥頭髮，神情困惑地說：「我也不知道為什麼，對這裡莫名有一種很熟悉的感覺，好像以前曾經來過這裡，甚至住過這裡一樣。但我明明就是第一次來啊。奇怪……」

何沐芸想起前世的他，家裡正是在迪化街經營布行，便語帶保留地說：「說不定你前世真的住過這裡喔。」

蕭凱文聳聳肩：「也許吧?」

＊＊＊

兩人走到碼頭的貨櫃市集時，正巧趕上了日落，何沐芸卻忽然開口道：「啊!你在這等我一下，我先去上廁所。」

「等一下再上吧。妳不是要拍夕陽嗎?」

「我馬上就回來!」何沐芸看蕭凱文要跟上來，又對他說：「你不用陪我，在那裡等我就好。」

「廁所很遠嗎？妳一個人去不太安全吧？」

「不會啦，就在旁邊而已。你在這裡等我就好。先幫我拍幾張夕陽。」

「喔。」蕭凱文不太放心地看了一會她的背影，才拿出手機拍夕陽。

拍到一半的時候，他耳邊忽然傳來何沐芸的輕柔歌聲：「Happy Birthday to you——Happy Birthday to you——」

他轉頭一看，何沐芸正捧著巧克力蛋糕朝他走來。蛋糕上插著點燃的蠟燭，燭火被河邊的風吹得時不時閃爍，所以她走得特別慢。

蕭凱文的眼睛頓時亮了起來，露齒而笑，馬上站起身快步走到她面前：「妳記得今天是我生日？」

何沐芸說：「當然。快許願吧！」她一手拿著蛋糕，一手圍著蠟燭擋風。

或許是夕陽太美，又或許是眼下氣氛正好，蕭凱文感動的同時，也決定放手一搏。他雙手十指交握，閉上眼、鼓起勇氣地說：「第一個願望：我希望我們可以永遠在一起。第二個願望：我希望我們可以永遠在一起。第三個願望……」

他沒有說出聲。但是何沐芸從他的唇語中讀出了與前兩個一樣的願望：「我希望我們可以永遠在一起。」

她看著眼前這個追了自己兩世的男人，不禁深受感動。

蕭凱文一睜開眼就看到她雙目含淚地看著自己。他以為自己說錯了話，懊惱的同時也有些慌亂。正想說點什麼來圓場時，她卻突然替他吹熄了蠟燭！

他愣住了。不太確定她的心意，只能直勾勾地盯著她看。

夕陽下，兩人的髮絲和眼眸都染上了溫暖的金光。她對他嫣然一笑，說：「如你所願。」

他回以一抹燦笑，卻忽然熱淚盈眶。只因他從小到大的夢想終於實現了！

何沐芸忍不住笑了出來，一手拿著蛋糕，一手抱住他安撫：「幹嘛哭啊？有這麼感動？」

他隨即展開雙臂將她緊緊擁入懷中，頭埋進她的長髮裡，悶悶低語：「我真的等了好久……」

何沐芸輕拍他的背，溫柔地笑道：「我知道。所以不會再讓你等下去了。」

從小到大，兩人放學後時常一起回家，一起見過無數次的夕陽。唯獨這一次，他們的身影終於重疊了。

前世的遺憾，今生不會再有了。

燦燦陽光為相擁的兩人描上暖紅的輪廓，像是將他們黏上了紅線，祝福他們白頭偕老、相守餘生。

新年特別篇

十八年前的秋天，下午放學時間，台北市某所高中校門口湧現許多學生；有些學生三五成群，邊打鬧說笑，邊並肩前進；有些學生則獨自一人行走，譬如剛升上高一的何沐芸。

白皙美麗的她長髮披肩，身材高䠷纖細，即便穿著與同學們一樣的短袖制服、規矩的及膝深色百褶裙和基本款白色球鞋，在人群中還是特別出眾亮眼。

她手上拿著英文單字小卡，正一邊走一邊默背單字。

雖然才開學不久，但外貌出色的她已經是學校有名的校花級人物了。每當她走過，周圍的學生們都會偷偷看她、議論她。正當有高年級的學長想上前向她搭訕時，被另一個飛快跑來的高大身影捷足先登。

那個人毫不客氣地拍了拍何沐芸的肩膀，她轉頭一看，對那人露出微笑：「阿凱。」

單手抱著一顆籃球，擁有一身小麥色肌膚的蕭凱文揚了揚眉，嘴角一勾、回以痞痞一笑。他同樣也是憑藉陽光帥氣的外表，在開學沒多久就成為學校的風雲人物。

此時兩人走在一起，額外引人注目，有些學生猜測著兩人的關係，有些消息靈通的則早已打聽到兩人是青梅竹馬兼鄰居，此刻正竊竊私語地將各種八卦散布出去。

蕭凱文瞥了一眼何沐芸手中的單字卡說：「又走路不看路了厚，等下又要摔得狗吃屎。」說到這，他打開一包香草口味的小泡芙，自然地先遞給她。

「才不會。我有在看路。」何沐芸邊說邊拿了幾顆來吃。

她拿完之後，蕭凱文才拿。他才吃了一顆，後方突然傳來男生同學大喊的聲音：「蕭凱文！」

蕭凱文和何沐芸轉頭一看，一群男生正朝他們跑來，來勢洶洶的樣子。蕭凱文雙眼瞪大道：「啊！我先閃了。」他將整盒小泡芙塞給何沐芸，原本單肩背的書包改成斜肩背，拔腿就跑。

何沐芸訝然：「什麼？等一下，阿凱？他們是誰啊？」

蕭凱文沒回頭，只是沿著校園外圍牆狂奔而去。

後方那群男學生一邊追著蕭凱文，一邊喊：「不要跑！喂！」

他們經過何沐芸時，都一度放慢腳步看她，有幾個還露出羞怯的微笑，令她覺得很怪異。

等到他們跑遠後，她邊走邊吃小泡芙，表情疑惑地喃喃自語：「他們到底是誰啊？」

＊＊＊

幾個小時後，何沐芸在晚餐過後下樓倒垃圾和廚餘。

她進到大樓地下室的垃圾回收區時，意外發現紙類回收箱裡有一盒滿滿的信。而且乍看之下，有好幾封信件上的收件人都像是她的名字！

她訝異地拿起最上面的一封來看，確實是她的名字沒錯。而且那盒信上都沒有郵票，也沒有寄件人的姓名和地址。

她感到奇怪：難道這棟樓有同名同姓的住戶？不可能這麼巧吧。就算有，既然對方已經決定丟掉，那我打開來看看，應該沒關係吧？

她左右張望了一會，確定垃圾回收區只有她一人，便將手上那封信打開來看。

是一封情書。而且文末署名是隔壁班的同學。

她又打開另一封，是一個高二的學長寫的。腦中頓時閃過一幕幕畫面。

＊＊＊

國小即將畢業那一陣子，蕭凱文老是從學校抱一大袋零食或信件回家，被何沐芸看見好幾次。她以為都是喜歡他的女同學送的，畢竟他在學校很受歡迎。

直到有天早上上學，有幾個男同學一起跑來問何沐芸，有沒有收到畢業禮物。她才知道是蕭凱文私下答應要幫他們轉送，結果都自己暗吞；而且有些同學還有付蕭凱文跑腿費。她怕他們發現蕭凱文沒有轉交，會去找他算帳，只好撒謊說自己有收到。

還有國中的時候，她和蕭凱文剛好同班。國一那年的情人節過後沒多久，有天中午，蕭凱文突然被班導叫去教師辦公室。何沐芸當時是英文小老師，正巧就在辦公室裡聽到班導責罵蕭凱文。

班導是個嬌小的中年女人，留著一頭及肩短髮，臉型有點方。她一手叉腰，一手指著蕭凱文道：「你跟同學收『情書修改費』、『告白秘訣費』，幫忙送情書還要再多付『車馬費』喔。要不是他們來跟我告狀，我都不知道你這麼有生意頭腦耶。」

蕭凱文明知班導在諷刺，但還是厚著臉皮回：「謝謝老師。」

班導更火大了，罵道：「你搞什麼東西啊！學校是讓你學習的地方，不是讓你賺錢的地方！」

蕭凱文面色不改地反問班導：「老師，妳支持學生這個年紀談戀愛嗎？」

「當然不支持啊。但這個不是重點，重點是——」

蕭凱文打斷班導的話，理直氣壯地說：「當然是重點。芸芸從小就立志要當醫生，成績也是從小到現在都是第一名，要是因為談戀愛耽誤學業怎麼辦？我是好心幫她省去拒絕同學的麻煩耶。而且我收的那些錢，其實從本質來看是『學費』，是為了幫同學上人生寶貴的一課才收的。」

「你說什麼？學費？」

蕭凱文繼續侃侃而談：「對啊。小小年紀不好好讀書，談什麼戀愛。這個年紀為愛付出的錢和時間就像肉包子打狗，都是有去無回。如果不跟他們收那些錢，他們怎麼會明白：『這個年紀談戀愛，是不會有結果』的呢？我全部都是出於好心啊。」

班導氣笑了，她諷刺道：「你口才不錯啊。將來長大不當業務多可惜。」

蕭凱文露出燦笑：「謝謝老師，我會認真考慮的。」

＊＊＊

何沐芸一想起國小、國中時，蕭凱文拐騙那些暗戀她的同學們的荒唐事蹟，就越想越氣。

而且蕭凱文總能先發制人地察覺別人對她的好感，搶先攔截情書、禮物，或敲詐零食、零用錢。事後還會拿出小本本記帳，實在非常可惡。

她握緊拳頭，惱怒道：「蕭凱文！」遂抱起那一盒情書，衝上樓去找他理論。

沒想到蕭凱文一開門見到何沐芸抱著那盒情書的反應，居然是拍額懊悔道：「啊！早知道就應該撕碎再丟的。」

「蕭凱文！你國小、國中不懂事就算了，怎麼到現在還做這種事？說！你這次又坑了他們什麼？」

「我可沒坑喔。是他們自己要拿錢、拿零食給我的，我又沒答應他們一定會交到妳手上。有錢不賺，不是男子漢。」

「不要自己發明奇怪的俚語！不管你有沒有拿他們的好處，既然答應了他們，就應該要把情書交給我啊。要不是因為我今天下樓倒垃圾，根本就不會發現他們的情書。」

「我是好心幫妳趕蒼蠅耶。看那些情書只是浪費妳的時間而已。而且他們連自己拿情書、禮物給妳的勇氣都沒有，有什麼資格追求妳？一群廢物。」

「蕭凱文！你怎麼可以這樣侮辱別人又踐踏別人的心意呢？你不願意轉交就拒絕他們就好，怎麼可以直接把情書丟掉。」

「拜託，那些人妳十有八九都不認識，幹嘛那麼在意啊？」

何沐芸忽然想起放學時的事，瞇起眼睛，狐疑地問他：「放學的時候，那幾個同學為什麼追著你跑？」

「我拆他們送妳的禮物的時候，不小心被他們看到了啦。」

何沐芸跺腳道：「你這樣萬一害我錯過命中註定的男生怎麼辦？」

蕭凱文理所當然道：「擔心什麼啊，我娶妳啊。」

何沐芸瞠目結舌地看著蕭凱文，接著皺眉嘟嘴，好像很委屈又好像很嫌棄。

蕭凱文道：「喂喂喂妳那是什麼表情？我有什麼不好？妳是富二代，我也是富二代啊。妳聰明好看，我也聰明好看啊。」

何沐芸倒退兩步，說：「不跟你說了。」她轉身跑回自家，趕緊把門關上。

她把所有門鎖都上好上滿後，才鬆了一口氣。

在廁所洗手的時候，滿臉通紅的她邊洗邊喃喃自語：「莫名其妙……真是莫名其妙，都不知道他在想什麼……」

後記

《不對稱的臉》是一個原創虛構的故事，靈感部分來自於「我自己的臉」。是的，我的左、右臉超不對稱，每次拍照都要修一下比較胖的左臉，有夠煩的啦。然後有天照鏡子照到一半，靈感就來了哈哈哈。

另一部分來自於台北市第一座貞節牌坊——《黃氏節孝坊》。這座牌坊位於二二八公園內，是北市僅存的三大牌坊之一，屬市定古蹟。走近一點，就能看到故事中的「牌坊上一對互望的鯉魚」。

但在此再次鄭重強調：本故事為原創虛構，與黃氏生前事蹟無關。

我有次經過公園剛好看到《黃氏節孝坊》，出於好奇就特別上前察看。牌坊四柱的正面、背面刻有黃氏節孝事蹟的對聯：「清節厲冰霜辛檗半生幸有遺徽型海上，湛恩深雨露貞珉一片長流明德在人間」、「黃鵠譜悲歌淚灑素惟冰霜節苦，紫鸞隆寵誥輝流彤管雨露恩深」與「廿八歲痛撫藐孤從夫之終從子之始，六十載永操勁節為母則壽為婦則貞」。

看著看著，我起了興趣。回家上網搜尋資料，又順藤摸瓜地去查了淡水廳志。

淡水廳志版本很多，我查得昏天暗地，才終於在其中一版的《列女傳》中找到這位黃氏。但很遺憾，書上對於黃氏的記載還遠比牌坊上的少，僅寥寥一行：「黃器娘，艋舺士黨女，監生王家霖妻。年二十八寡，現年五十一。子三，天賜監生。」

我將《列女傳》瀏覽了一遍，眾多列女守貞、奉孝的一生，最後都只成了一、兩行字。而其他無聲無息消失在歷史長河裡的女人只怕更多吧。想來實在很唏噓。《列女傳》撰寫的目的是為了表揚這些女性，讓她們芳名永流傳，但在我看來只覺得毛骨悚然。

我曾經讀過幾篇歷史學者的文章，他們認為：到了明清兩代，女性已被洗腦成「自願」終身守貞，甚至將「死後才有極低機率獲頒的貞節牌坊」視為人生夢想；她們為家庭而活，小時從父，少時從夫，老時從子，整個人生就是在奉獻，也只有奉獻。

綜觀古今中外，各時期的審美、女德（婦德）標準不斷地將女性塑造成符合當時男人審美的模樣，還禁錮了女性的思想，進而澈底控制女性；女性不只是傳宗接代的母豬，更是可供賞玩的掌中物。除非出身將門或商賈，否則越是大家閨秀，越不會有機會學習謀生的技能，只要漂亮、聽話、多產就好。社會澈底利用了女性渴望愛情、渴望被夫家接納肯定、願意付出的心意。

更恐怖的是，有些男性歷史學者不認為這是古代社會的問題，而是女性「自己喜歡」、「自己追求」這麼做的！他們認為：女性從「改造身體」的過程中獲得滿足與愉悅，並且設立各種嚴苛標準，再以達到標準為榮。

我大學時修過一堂歷史通識課，透過史料與研究資料，我才了解「纏足」是件多麼恐怖而殘酷的事。正如同故事裡寫的：纏足並非一次就能完成，是待筋骨傷好後，再次折斷、重纏，再折斷、重纏，再折斷、重纏……如此這般反覆無數次，才能「凹折出」一雙符合當時畸形審美、手可盈握的金蓮。而它所帶來的後遺症更嚴重，會使女子終身不良於行且長期疼痛。

我就想請問這些歷史學者：如果不是因為封建社會的禮教束縛，壓得女子不得反抗違逆，誰願意透過這種手段將自己或女兒變成殘廢、終其一生困於方寸之地、從六歲起就忍受長達一生的疼痛？女人一生要流的血還不夠多嗎？

我很慶幸現在的女性不需要纏足，能獨立自主地生活，且有批判性思考的能力。然而我們現在脫離社會主流審美的禁錮了嗎？好像是，又好像不是。

我時常在想：為何我在日常生活中所遇到的女人們都如此美好，她們仍覺得自己不夠好看、不夠瘦呢？

似乎不論是在什麼時代，女性都逃脫不了大眾的凝視，這也是為何如今整形、醫美產業如此蓬勃興盛。

然而，我從現在的影劇、小說作品中，看到越來越多女性的反抗與崛起。女主角的設定越來越多元，戀愛腦、傻白甜的女主角不再是主流。劇種也是百花齊放，各種打著職場劇、推理劇名義，只顧談戀愛的劇情還會被女性觀眾噓爆。

這些現象除了表示女性觀眾喜好的變化，或許也象徵女性不再盲目追求愛情與婚姻，而是著重於自我成長、自我價值實現，以及純粹「忠於自我」的個人主義態度吧。

最後，這個故事並不是要批評整形或減肥的女人。女人當然可以愛美，也當然可以為了心目中美好的模樣努力。但前提不應該是為了討好別人，而是因為妳自己喜歡。

最後我想對所有女孩子說：妳真的比妳想像得還要美。請妳自信一點！

芙蘿

二〇二二年，春

《芙蘿私房筆記》

(1)要角名字涵義

我在女主的名字「何沐芸」裡埋了一些暗示。古人洗澡是很講究的，「洗」、「澡」、「沐」、「浴」清潔的是不同的部位；「洗」是洗腳、「澡」是洗手、「沐」是洗頭，「浴」才是洗軀幹。

「沐」字即是暗示這個故事是與頭有關。而故事中，何沐芸的左手不受控地想寫出前世殺死鄭香桂的兇手時，其實想寫的是「洪」字，但何沐芸看到水字旁就以為是自己名字的「沐」字，因而誤以為左手想要她死。

男主名字「蕭凱文」看起來是菜市場名，但裡面其實賦予了人物設定和祝福。「凱」字除了形容出手闊綽以外，本身也有勝利的意思；我希望他這一輩子可以得償所願地贏得美人芳心。

要角「陳熙照」的名字也有深義。名字來自「犀照」；古代傳說，點燃犀牛角，便可目睹幽魂、陰間或異界。而犀照一詞後來被引申為「洞燭幽微」、「明察事理」的意思。

熙照的阿公是道士。道士的形式有很多種，亦有許多相對應的稱謂。台灣最常見的道士就是「火居道士」，即在家修行且可嫁娶、可有子嗣。因此我特別給這位繼承法術的要角取了火部的名字。

(2)千年陋習

「纏足」又稱「裹小腳」，始於何時何地已不可考，僅知北宋已有此風。而按照古代習俗，漢族富貴人家的女子或揚州瘦馬須從五、六歲開始纏足。纏足並非一次就能完成，是待筋骨傷好後，再次折斷、重纏，反覆無數次才能凹折出一雙符合當時主流審美、手可盈握的「金蓮」。

最可怕的是這種畸形審美和陋習竟能持續流傳千年！直至民國初年，仍有大戶人家女子纏足，甚至許多人的阿嬤都還有小腳。真可謂是時代的眼淚啊。

(3)古裝劇不該出現的馬

台灣本地不產馬，古代也沒有進口馬匹來台，所以古裝劇出現的策馬狂奔、搭馬車被攔路、八百里加急這些場面都不會出現在台灣。

清朝時的台灣人來往南北很辛苦，交通工具中時速最快的就是「牛車」。所以即便是官員有要事，也只能搭牛車來往城鎮。而且只有部分平坦的路段可以搭牛車，其他地方還得徒步翻山越嶺。

直到光緒年間，劉銘傳擔任台灣巡撫後，才興建縱貫南北的鐵路。

芙蘿

二〇二二年，冬

國家圖書館出版品預行編目資料

不對稱的臉 / 芙蘿作 . -- 初版 . -- 臺北市 : 臺灣角川股份有限公司 , 2023.03
面； 公分
ISBN 978-626-352-365-4(平裝)

863.57 112000514

不對稱的臉

作者 · 芙蘿
插畫 · 六百一

2023 年 3 月 16 日 初版第 1 刷發行

發行人 · 岩崎剛人
總監 · 呂慧君
編輯 · 喬齊安
美術設計 · 李曼庭
印務 · 李明修（主任）、張加恩（主任）、張凱棋

台灣角川

發行所 · 台灣角川股份有限公司
地址 · 104 台北市中山區松江路 223 號 3 樓
電話 ·（02）2515-3000
傳真 ·（02）2515-0033
網址 · www.kadokawa.com.tw
劃撥帳戶 · 台灣角川股份有限公司
劃撥帳號 · 19487412
法律顧問 · 有澤法律事務所
製版 · 尚騰印刷事業有限公司
ＩＳＢＮ · 978-626-352-365-4